JN124302

転生幼女、レベル782

ケットシーさんと行く、やりたい放題のんびり生活日誌

Arata Shiraishi
白石新

カメ吉
立派な眉毛とヒゲが
お爺ちゃんみたいで
かわいい亀さん。
人語を解するほど賢い。
ケットシーさん
元々は地上最弱の魔物だったが、
クリスティーナと契約したことで
とんでもない進化を遂げた。
クリスティーナ
前世は、ちょっとオタクな理系女子。
異世界でスローライフを
送ることを夢見ているが、
いろいろ規格外すぎてそんな気配がない!?
ケアル
かわいいケットシーの女の子。
僕っ娘。
クリスティーナと
契約したがっている。

魔王ギュスターヴ
吸血鬼の真祖にして、王。
12柱いる魔王の中で
第3階梯に座してる。
アルマ
神仙とも闘仙とも称される、
謎多き精霊使い。
エルフの里を守護している。
ケロちゃん
クリスティーナの従魔となった子犬。
かつては魔王と肩を並べるほどの
戦闘力を持っていた。
スラ子
ちょっと毒々しい
色合いのスライム。
クリスティーナに懐いている。
主な登場人物

1　出オチから始まるスローライフ

見た目――国民的アニメの、某ネコ型ロボットっぽかった。

「どうしたのじゃ？」

「いや……見た目……」

と、まあ現況説明だね。

トラック事故に遭い、どうやら私は今、異世界転生という形になっているらしい。

そしてここは転生の間。

――謎《なぞ》の白色の空間だ。

普通ならここで出てくるのは女神なんだけど、見た目ネコ型ロボットっぽい、謎の何かが私の前に現れたのだ。

「うむ？　お主たちの世界では願いを叶《かな》えてくれる存在と言えばコレで決まりじゃろう？　我は神じゃ、そして……親切なのじゃよ。お主が一番親しみやすい、特殊チートを与える見た目で登場したという次第じゃ。つまりは神——これぞ全知全能の神の姿じゃ」

「いや、まあ、日本で一番有名なそれっぽい存在の見た目は……確かにそうなんですけどね」

「ふむ？　どういうことじゃ？」

「異世界転生には女神っていうお約束が……」

「お約束？　男ではいかんのか？」

「まあ、普通この場合は女神ですよね」

「ん？　しかし、この姿で不都合は特になかろう？」

「それはそうなんですけどね。でも、ちょっと……しゃべりづらいというかなんというか」

まあ、ネコ型ロボットっぽい何かが目の前にいるのは衝撃的に過ぎる。

ふーむ、と、そこで青色の謎の存在はしばし考えて、私に向けて小さく頷《うなず》いた。

「仕方ないの、それでは女神に姿を変えようか。えーっと……女神じゃな……よし、ならばこの姿でいこうか」

お？　さすがは神様だ。

変身できるというか、姿を変えられるんだね。

「ふんっ！」

神様は気合を発し、ボンっていう効果音と共に煙に包まれた。

そうして徐々に煙が晴れていったんだよね。で、神様の新しい姿は――


――ネコ型ロボットの妹っぽい何かだった。


「絶対やると思ったよ！」

「え？　これでもいかんのか？」

「声が甲高《かんだか》くなってるっ！」

芸の細かい神様だね、と……私はとほほんとため息をついた。

「もう……本当に面倒な奴じゃのう」

そうして、神様は再度、気合を発し、ボンっていう効果音と共に煙に包まれた。

で、次に出てきたのは……大きな大きな黒いワンちゃんだった。いや、狼《おおかみ》かな？

「フェンリル……？」

「うむ、これぞ本来の姿――我こそは漆黒《しっこく》の神狼《しんろう》……フェンリルじゃ。異世界では我も神の一種でな。持ち回りで転生者をあちらの世界に導いておるわけじゃ」

神々《こうごう》しいという言葉が適切なんだろうね。

大きさもあって威圧感あるし、なんていうかこう……オーラがある。

あ、でも舌がちょこっと出ているのと、耳が時折ピクピク動くのは可愛いかな。

「急にすごく神様感出てきましたね」

「そうじゃろうそうじゃろう。我と言えば向こうの世界ではちょっとは知られた存在じゃからな」

「ちょっとは知られた？　具体的にはどういうふうに？」

「ふっ……闇《やみ》を抱えたわんわんプリンスと言えば我のことじゃ」

闇を抱えたわんわんプリンス……だと？

とりあえず、ノッケからこの神様は色々とアレな感じなので、その部分についてはあえて触れないでおこう。

と、いうことで私は単刀直入に尋ねてみた。

「で、つまりは私にチート能力をくれるわけなんですよね？」

うむ、と神様は頷いた。

「まあ、平たく言えばそうなる。お主は暴走トラックに轢《ひ》かれる前に子供を助けておるしの」

「で、どんなチートをくれるんですか？」

そう言うと、フェンリルはカンガルーよろしく、お腹のポケットから何かを取り出した。

と、いうか胴体をプルプルと振ったらポケットからなんかが出てきた感じだね。

「スイッチ？」

「うむ。これぞチート中のチートじゃ」

ゴクリ、と私は息を呑《の》んでしまった。

ひょっとすると、これを押すと経験値２００倍とか、あるいは防御力ＭＡＸとかそんな感じになるの？

「このスイッチはすごいぞ？　とんでもないチート能力じゃぞ？」

ゴクリと、再度、私は息を呑んだ。

ってことは、やっぱり始まっちゃうの？

ひょっとして……これを押すと、異世界無双《むそう》活劇とかが始まっちゃうの？

いや、でも私はどっちかというとスローライフをやりたいんだけどなー。

「何しろこのチート能力……いや、このスイッチはじゃな……」

フェンリルは押し黙った。

そして、大きく大きく息を吸い込んで彼はこう言った。

「核兵器のスイッチじゃ。しかも地球で使われているようなチャチなものではなく、星１つを破壊してしまうような究極の破壊兵器じゃ」

「使いどころがまったくないチート能力ですっ！」

「しかし、１回しか使えんという弱点もある」

「使ったら住んでる世界壊滅するから１回で十分でしょうにっ！」

ああ、こりゃダメだと私はため息をついた。

やっぱり、ノッケからの予感通り、この神様は残念系だ。

「使わんのか？」

「使えません！」

すると、「仕方ないのう」とばかりに神様はため息をついた。

「それではここで使ってしまうが良い」

「ここで？」

「今、お主が住んでいた地球は実は危機に瀕《ひん》しておる」

「ふむふむ」

「環境破壊を繰り返す人間たちに対して、ついにお主たちの世界の神様が怒ったのじゃ」

「なるほど」

「で、今……デビルスターという彗星《すいせい》に６６６万６６６６体の天使の軍勢を乗せ、地球に向けて殲《せん》滅《めつ》戦力を派遣中なのじゃ」

「天使の軍勢……？」

「１００体もいればアメリカなら1時間で陥落する戦力じゃ。あと数か月もすればデビルスターは地球に到着するじゃろう」

「そ……そんなことが……」

「うむ、そして……今、我がそのスイッチの照準をデビルスターにセットしておいた。どうじゃ？

異世界に向かう前に地球を救ってみんか？」

「そういうことなら」

と、私はスイッチをポチッと押した。

まあ、全然違う場所の話だし、現実感は何もない。

とりあえず、これで地球を救うことができたのであれば、日本人・飯島友里《いいじまゆり》の最後の仕事としては完璧だろう。

「それでは、お主はこれよりクリスティーナとして異世界で生きるのじゃ」

「はい、わかりました」

「ちなみに皇族としてスタートするからの。境遇としては大当たりじゃ」

「ありがとうございます」


と、まあそんなこんなで——

私の、異世界で現代知識を使って錬金モノづくりをしたり、農業したり、お菓子を作ったりするスローライフが始まったのだった？

クリスティーナ（0歳）

職業			皇族（庶子）
魔物討伐数			666万6666

レベル	1	→	782
HP	5/5	→	76350/76350
MP	2/2	→	67890/67890
魔力	1	→	2670
筋力	1	→	2560

スキル

武芸　レベル3（合気道やってた）
化学　レベル82（理系大卒）
農業　レベル5（アイドルが農業したりするテレビ番組が好きだった）

称号

転生者 NEW
万夫不当《ばんぷふとう》 NEW
神に背《そむ》きし者 NEW
万魔狩り NEW
核熱の破壊者 NEW

2　転生初日、生存競争に圧勝しました

――大運動会、否《いな》、これは水泳レース。

まどろむ意識。
ぐちゃぐちゃな景色。
ただ、私は目的に向かって泳いで何かの中を突き進む。

――これは生存レース、負ければ……死。

2位じゃダメなんです。1位じゃないと……ダメなんです。
そんな言葉が頭の中を駆け巡る。
そして、周囲には同じ目的の敵がいるはずだと、何故か私は確信していた。
けれど私は――

——独走状態だった。

敵はいても、ライバルはいない。速い、私は速い——

——とても速い。

そうして、私は目的地にたどり着いたことを本能で悟った。

——硬い硬い障壁《しょうへき》。これを乗り越えれば……私は目的を達成する。

そして、私は硬い障壁に体当たりを仕掛けて——

——あれ？　でもこの壁……なんかめっちゃ柔らかい。硬いはずなのに……

いや、でも私は本当に何やってるんだろう？

いや、みんなでレースをやっていることと、そして今、私がゴールしたことだけはなんとなくわかる。

――本当に何をやっているんだろう？

そんな、何回目かもかわからない問いかけ、自問自答。

誰も答えてくれず、答えも出ない。

――そして。

私は、ドロドロに溶けた意識の海に落ちていく。

視界が暗転し、どこまでもどこまでも続く黒の空間が訪れる。

ただただ暗い視界の中――

――温かい。

ゲル状のぬるま湯の中、闇夜の大海原《おおうなばら》に浮かび、ただひたすらに漂うような……

そうしてまどろみの中、眠るように私の意識は闇へと溶けた。

☆　★　☆　★　☆　★

「陛下！　また町娘を妊娠させてしまったのですか！　子育てをする後宮《こうきゅう》の予算は破綻《はたん》寸前ですのに！」


皇帝執務室。

煌《きら》びやかな調度品で彩られた部屋で、メガネをかけた20代銀髪の男が声を荒らげた。

宰相《さいしょう》――皇族の中で皇帝に継ぐ皇位継承権を持つ男。

いかな皇帝といえども、宰相の言葉は邪険《じゃけん》にはできない。

と、言葉を受けたヒゲ面の30代の男――神聖アルケミー帝国第17代皇帝はこう言った。


「いや……つい、うっかりな」


「何人目だと思っているのですか！」

「えーっと……90人目くらい？」

「101人目です陛下！　女遊びをやめろとは言いません！　しかし――避妊という概念は陛下にはないのですかっ⁉」

「避妊か……いやはやこれは本当に――」

皇帝は押し黙った。

そして大きく大きく息を吸い込んで彼はこう言った。


「――うっかりだった」


「101人目ですよ⁉　うっかりしすぎですよねっ⁉　っていうか、本当にヤバいですからね後宮の財政！　庶子でも一応は皇族として教育しないといけないので、経費すっごいかかりますしっ！」

「しかしだな宰相よ。これは俺のサガなのだ」

「サガ？」

「自分でもこれは良くないと思っている。だが、いつもいつも……気がつけば俺は女を――」

皇帝は押し黙った。

そして、大きく大きく息を吸い込んで彼はこう言った。

「――うっかり口説《くど》いてしまっているのだ」

「うっかりで口説くとか意味わかりませんよっ⁉」

「そして、落とせてしまうのだ」
「あー、もう！　男前だから皇帝とか関係なしで簡単に落とせそうなところがまた無性に腹が立つ！」

と、まあそんなこんなで——
8か月後。
——クリスティーナは、皇帝の101人目の庶子として異世界で生を受けたのだった。

クリスティーナ（0歳）

レベル	782
HP	76350/76350
MP	67890/67890
魔力	2670
筋力	2560

スキル

武芸　レベル3
化学　レベル82
農業　レベル5

未顕現スキル NEW

???　レベル???（腐った同人誌が好きだった）
???　レベル???（学園ハン○ムというBLゲーが好きだった）

称号

転生者
万夫不当
神に背きし者
万魔狩り
核熱の破壊者

3　拝啓お父様。私は貴方の知らぬ間に養子に出されました。そして、いきなりピンチのようです

――で、なんやかんやあって10年後。

私は皇族として蝶《ちょう》よ花よと育てられた。

そして今は、城の中庭のテラスにいる。

今日もお父さんは私のところにやってきて、テーブルには大量のプレゼント……まあ、私のために持ってきてくれたんだよね。

で、色々とお父さんの自慢話とか、昔話とかを聞いていたんだけど――

「俺は皇帝であり、国の父だ。そうであればまずは家族の良き父にならねば、どうして国の良き父になれようか？　と、そういうわけでクリスティーナ、お前を授かったあの時、俺は誓ったのだ。それ以降は女のためではなく、子供のために生きようと……とな」

ドヤッ！　とばかりにお父さんはキメ顔でそう言った。

で、私はため息をついて――

「いや、お父様。私が生まれる前に宰相様に本気で怒られたから、女遊びをやめただけなんですよね？」

その言葉でお父さんは衝撃のあまりに顔面を蒼白《そうはく》にさせた。

「ち、ち、違うのだクリスティーナ！　だ、誰だ！　お父さんが人に怒られるまでやめない、女たらしのプレイボーイみたいなことをお前に吹き込んだのは！　気づいたんだぞ⁉　お父さんはちゃんと自分で気づいたし、１００人も子供がいるのはただの若気《わかげ》の至りなんだぞ⁉」

まあ、お父さんは毎日毎日私のところに来てお話をするくらい……というか、異常に私を可愛がっているので、女関係がダラしないことで嫌われたくないってことなんだろね。

しかし、１００人の腹違いの子供がいるという事実は消せないので、女遊びをやめさせられた理由をそれっぽくカッコ良いふうに……というのが今回の話の真意だろう。

「吹き込んだというか、事実でしょう？」

私の言葉を受けて、お父さんの顔色が更に青くなっていく。

いや、青色を通り越して土気色《つちけいろ》になっちゃってるねこれは。

そうして、お父さんは黙ってしまって、私たちはお見合い状態となる。

「……」

「……」

「……」

「……」

それから、お父さんは何かを考え、小さく頷きこう言った。

「俺は皇帝であり、まずは家族の良き父にならねば、どうして国の良き父になれようか？　と、そういうわけでクリスティーナ、お前を授かったあの時、俺は誓ったのだ。それ以降は女のためではなく、子供のために生きようと……とな」

まさかの2回目の解説だった。

どうにも、旗色が悪いと考えて……ゴリ押しするつもりらしい。

「いや、ですからお父様。私が生まれる前に、宰相様に本気で怒られたから女遊びをやめただけなんですよね？」

「……」

「……」

「……」

「……」

「俺は皇帝であり、国の父だ。そうであれば――」

3回目に突入しそうになったので、私は慌ててお父さんを手で制した。

「お父様、もうよろしいです」

「しかし、誤解をされたままでは……困る」

「困る？」

「ああ、俺は……クリスティーナを愛しているからな。嫌われたくないのだ」

まあ、お父さんのこういうところは嫌いじゃない。

子供の時から、末っ子ってことで滅茶苦茶《めちゃくちゃ》可愛がられてるし、お父さんが私を大好きなのが私自身、よくわかるんだよね。

「クリスティーナは可愛いね可愛いねと子供の時から貴族の間で有名で2歳まではお父さんと一緒にお風呂に入っててくれたし5歳までは3日に1回は一緒に寝てくれたし今だってお父さんの誕生会には毎年プレゼントくれるし――」

ものすごい勢いでしゃべり始めた。

いかん、この状態になったお父さんは止まらない。

っていうか、2歳までしか一緒にお風呂に入ってないって、普通に考えて拒否られてるんだけどね。

と、そこで私はいつものように魔法の言葉を放ってみた。

「お父様。私もお父様が大好きですよ」

その言葉でお父さんはフリーズした。

そうして、お父さんの頬はみるみる緩んで――

「はっはっは！　そうだろうそうだろう！　クリスティーナはお父さんが好きだろう！」

まあ、実際問題、女関係の「うっかり」がなければ間違いなく賢帝《けんてい》の部類に入るだろう。民に優しい善政を敷きすぎている関係で、ちょっと国の財政は厳しいらしいけどね。

と、いうのも、国の財布を握っている宰相さんがいつも頭を抱えてボヤいているんだよね……

まあ、そんなこんなで私は本日の面会を終えたのだった。

☆★☆★☆★

「え!?　私が、辺境のリニール地方領主の養子にですかっ!?」

呼び出しを受けた私は、宰相さんの執務室で大声を出してしまった。

そうして、申し訳なさそうに宰相さんはこちらに頭を下げてきたのだ。

「今年は冷害で税収が芳《かんば》しくなく……いえ、農作物収穫の税金はほぼ皆無となります。何しろ……穀物の収穫量がほぼゼロですからね」

「農村の人たちは大丈夫なのでしょうか？　自分たちが食べる分もないのでは？」

「いえ、農村では常日頃から皇帝の勅令《ちょくれい》で、国庫からの非常用備蓄をしているので餓死者《がししゃ》は出ないでしょう」

ああ、そりゃ良かったよと私は胸を撫《な》でおろした。

「しかし」と、宰相さんはメガネを指の腹で押した。

「後宮の予算が破綻します」

「え……破綻？」

「どう帳簿を眺めても、このままでは国家が立ちゆきません。そこで……聖域である後宮予算に手を入れる……と」

後宮には正妻と第2、第3夫人の3人、そしてその子供が10人いる。

あとは私みたいな庶民との間の子供……つまり庶子だね。それが91人いるんだ。

で、子供は全員キッチリと教育するというお父さんの方針で、101人の皇族教育費がかかってしまっている。

一応、私も他の子もそこらの貴族のお嬢様なんて目じゃないくらいに大事にされてるし、それが101人なので……まあ、それはそれは天文学的な経費となるだろう。

ちなみに、私としては今の生活には満足してる。

成人すれば、高等教育を受けた者として、皇籍離脱のうえで高級官僚なんかへの道もあるし、下級貴族なんかへの嫁入りの話なら、今の時点でも両手じゃ足りない。

特に私はお父さんのお気に入りなので、侯爵や公爵級の縁談の話もあるくらいだ。

ま、全部断ってるけどね。今は縁談とかそんな気分じゃないし。

けど、いよいよそんなことも言ってられなくなったってことなんだね。

この生活を捨てるのは正直嫌だし、なんだかんだで私もお父さん好きだし。

それに、他の子たちも後宮改革の影響で急な縁談によって国の貴族にもらわれていくって話だし。

私だけがってワケにはいかないよね。

「侯爵や公爵のご子息との縁談は以前に断られているので……次点で条件の良い相手は辺境公となります。何しろ、後継ぎとしての養子ですので」

「わかりました。それと……そのことはお父様には黙っておいてください」

「黙っておくとは？」

不思議そうにする宰相さんに、私はニコリと笑った。

「お父様と宰相様は……財政の話に関してだけは犬猿の仲。まだお父様には何も伝えていないのでしょう？　お父様が私を養子にやるなどと、そんなことを許すわけがありません」

その言葉を受けて、呆れたように宰相さんは笑った。

「ええ、その通りです。先に貴女に了承だけしていただいて……そこから先のことは……まあ、その時に考えようと、そんなふうに考えていました」

「それじゃあ、私は辺境に向かいます。いつ頃の出立《しゅったつ》で？」

私がそう言うと、宰相さんは目を丸くした。

「本当に良いのですか？」

「最初からそのつもりだったのでしょう？」

「いえ、貴女は陛下のお気に入りですし、断られたらそれはそれで仕方ないと思っていました。それに、ここまでアッサリとは……」

「まあ……」と前置きしてから私は笑った。

「お父様のうっかりがすべての原因ですので。娘として責任は取らねば……と。それに回りまわって、それが国……いや、民のためになるのですよね？」

その言葉で、宰相さんは何か感銘を受けたかのように目に涙を浮かべて、ハンカチを取り出して顔にあてがった。

「どうなされました？」

「あのうっかり陛下から……こんな立派な娘が……と」

いや、お父さんは女関係以外はまともだけどね。

「しかしクリスティーナさん？」

「なんでしょうか？」

「辺境領は魔物の大群も出ますし、蛮族《ばんぞく》も出ますし、近隣諸国とのイザコザも絶えません。領地内の危険には過敏でいてください。常に周囲の会話には聞き耳を立てるように……ね。それで、もしも少しでも危険を感じれば身一つで帝都に戻ってきてください。いつでも我々は貴女を受け入れますのでね」

確かに、小さい辺境領だったりする場合は、魔物や蛮族に攻め落とされることもママあるという。

それに、あの近辺は戦争の火種《ひだね》があふれているはずだ。

まあ、かなり危険な場所なんだろうね。

と、それはともかく宰相さんの心遣いはありがたい。

「感謝しますわ」

「しかし……もしもの場合、最悪は女1人で落ち延びることになります。はたして貴女が帝都まで戻れるか、それが心配です。こんなことなら……やはり護身用に魔法を習わせておけば……子供といえども皇族の血を引く者であれば魔法の才は十分にあるはず。大人相手でもそれなりの身を守る武器になったでしょうに」

「お父様が『レディに戦いは必要がない』と言っていましたから……まあ、箱入り娘というやつですね」

「それはオリハルコンでできた箱ですか？」

そうして——私たちは、クスクスとお父さんの顔を思い浮かべながら笑ったのだった。

でもなーと、笑いながらも私はやっぱり不安を感じちゃってるんだよね。

魔物とか蛮族かー……暴力的なのはノーサンキューだ。

なんだかんだで本当に箱入りで育ってるから……これは怖いなーと。

あ、でもでもー！

実は私ってばスローライフやりたかったんだよね。

現代知識で無双ってやつだよ。

モノづくりしたり、薬屋やったり、料理作ったり、農業やったり、内政したりね。

薬屋は知識がないので無理なんだけど、基本的に私は異世界でそういうことがしたかったんだ。

優しい家族に囲まれたり、もふもふたちに囲まれたり、それでちょっとずつ周辺の生活レベルが上がっていって、幸せの輪が広がるみたいな。

ぶっちゃけ、私には現代知識くらいしか取《と》り柄《え》ないしね。

理系大出てるし、まあ、科学知識の基礎はある程度あるはずだし。

と、なると……これは念願叶ったんじゃないでしょうか？

よし、そうなると……やっぱりアレだね。

私が20歳になる頃には辺境領の文明レベルを１００年とか進めちゃったりして……ふふふ、ああ、なんだか楽しそうな予感がしてきたよ！

とりあえず、餓死者とかが少ないような領地にはしないといけないよね。

☆　★　☆　★　☆　★

「お初にお目にかかります、アクランド公」

「当家は貴女を全力で歓迎いたしますよ、クリスティーナ様」

と、まあそんなこんなでやってきましたよ辺境領。

最初は魔物が出るとか聞いてたのでビビッてたけど、普通に領主の館のある街は都会だったし、堅牢《けんろう》な塀で街全体が囲まれてるしね。

で、今、私は応接室でそれはそれは丁寧な歓迎を受けているわけだ。

お菓子とかテーブルの上に載り切れないくらいだし、紅茶ものすごい良いやつ使ってる。

「しかし、どうして私を養子に？」

「ええ、そのことなのですけれどね――」

少し、長い語りだった。

まあ、要は辺境公には子供がいないという話だ。

この辺境領と帝国は過去に色々とイザコザがあって、現在辺境領は、ほぼ独立した自治領に近い政治体制となっている。

っていうか、１００年前までは敵国だったのだ。

で、なんで自治領にしているかというと、国境に近いこともあって、帝国本体と他所《よそ》の国の緩衝地帯として使われているんだよね。

要は、本格的な戦争が始まった場合の捨《す》て駒《ごま》。

そんなわけで威力偵察の小競り合いが多いものだから、領は疲弊《ひへい》しているというわけだ。

そこで、帝国本体からの現在の扱いを変える突破口――強いつながりを持ちたい辺境公は、今回の後宮解体による庶子の受け入れ先にと自ら手を挙げた……と。

それも、皇帝のお気に入りである私をね。

具体的に言うと、私を辺境領の跡継ぎにしたうえで、私は辺境公の弟の長男と婚姻関係を結ぶことになるらしい。

こうすれば辺境公の家名も血筋も残るし、単純に皇族の血だけを入れる形になる。

――ま、私は要は体《てい》の良い神輿《みこし》ってことだ。

「しかし、大胆なことをしますのね。昔は帝国本土とリニール領は犬猿の仲だったというのに。双方で養子や婚姻などは今まで一度もなかったでしょう」

「まあ、時代の流れですね。年々蛮族も力をつけていますし、討伐には今後帝国の力も必要になってくる……とはいっても、私に子供がいたら、さすがにこんな方法はしてなかったでしょうが」

もの憂げな表情から、辺境公も思うところはあるのだろう。

が、思うところがあるのは私も同じだ。

――お父さんのお気に入りというだけで、私は91人の庶子の中の1人だ。成人して皇籍を離脱してしまえば、私個人でいえば上級官僚の宮勤めがMAXの出世となる。

そう考えれば、このルートも悪くない。まあ、誰かの思惑に乗るというか……流されているだけなんだけどさ。

と、その時、応接室のドアがドンドンとノックされた。

「入れ」

そうして入ってきた使用人は、開口一番こう言った。

「旦那様！　おめでとうございます！　奥様が……妊娠しました！　鑑定魔導医によると、魂《たましい》のパターンは青——男の子です！」


「え？」

「え？」

辺境公は使用人と私を交互に見る。

私も、辺境公と使用人を交互に見る。

「……」

「……」

「……」

「……」

——長い、長い沈黙だった。

おおう……と、私は思う。

つまりは、こりゃあ、まあとんでもなくダッシュな展開になったもんだと。
で、辺境公は私をマジマジと見つめているわけだ。まあ、そりゃあそうだよね。
つまりは――

――え？　コイツどうすんの？　と、そんな感じの視線だ。

クリスティーナ（10歳）

レベル	782
HP	76350/76350
MP	67890/67890
魔力	2670
筋力	2560

スキル

武芸　レベル3
化学　レベル82
農業　レベル5

未顕現スキル

???　レベル???
???　レベル???

称号

転生者
万夫不当
神に背きし者
万魔狩り
核熱の破壊者

4　イジメが始まりました

と、まあそんなこんなで、あからさまな冷遇が始まった。

っていうか、アクランド辺境公とは、それ以来私はほとんど口を利いていない。

いや、私を避けているような感じだね。

そうして、妊婦になった義理の母は、ことあるごとに私に冷たく当たるようになった。

例えばある日、こんなことがあったのだ。


——その日、私は義理の母の部屋を訪ねたんだけど……

「お義母《かあ》様？　どういうことでしょうか？」

「どういうこと……というと？」

「帝都のお知り合いに、私のことを書いたお手紙を送ったらしいですが……素行不良とは？」

「あら、事実をお伝えしたまでですわ」

「私は……家のお金を盗んだりしていません」

そこで、義理の母はニタリと笑った。

「最近、金庫から少しずつお金が減っていましてね。実は金庫室から出る貴女の姿を私……目撃しましたの」

「だから、していません。それに……それに、新しくできる弟に嫉妬して堕胎《だたい》の飲み薬などを購入するわけがありません。あまりにも失礼じゃないでしょうか？」

「あら？　私はそんなことは手紙には書いていませんよ？　ただ、確かに出入りの薬屋からそういうお話を伺いましてね。それがちょうど……金庫から消えたお金と一致したので、それを友人に相談していただけですの」

っていうか、まあ、嫌がらせだね。

確実に私に話が伝わるルートの交友関係に、そういう情報を流している。

どうしてこういうことをしているかというと、そりゃあまあ、話は単純だ。

ギリッと唇を噛みしめたその時、アクランド辺境公が部屋に入ってきた。

「ん、どうしたのだアルバータ？」

「いえ、この子が家のお金を盗んだ件で……」

「ですから、そんなことは……私はしていません」

と、そこでアクランド辺境公は下卑《げび》た笑みを浮かべた。

「では、クリスティーナ嬢はアルバータが嘘をついていると？」

「……」

まあ、最初から私を悪者にする方向で決まっているんだから、ここで何を言っても始まらない。

「あら、その反抗的な目つきはなんなのです？　こちらは泥棒《どろぼう》を家に置いているのですよ？　感謝こそされ、睨《にら》まれる道理はございません」

「ああ、そうだな。文句があれば――」

そうして、アクランド辺境公は大きく息を吸い込んで、続く言葉を言い放った。

「――自主的に家を去ってくれれば良い」

そうなのだ。

この人たちは私に家を出ていってもらいたいのだ。

最初は冷たくされるくらいだった。

それから私を避けるようになって、無視されるようになって、次に私の自室に泥がまかれるようになって……どんどんエスカレートしていった。


そうして、今回はコレ。

とにかく精神的に追い詰めて、自主的に……という話だ。

体面上、辺境公から養子縁組を返上するわけにもいかず、出した結論がこの現状ということだろう。

私としても、きちんとお話ししてもらえれば……早々にここから出ていくという選択をしていた。

けれど、それではやはり辺境公からの養子縁組の破棄ということになるので、体面は良くないって感じだね。

と、まあそんなこんなで私的には、かなりカチンときているので、何がなんでも家から出ていかない方向で考えている。

だって、なんか負けたみたいで嫌じゃない？

で……それがまずかったんだよね。

☆★☆★☆★

その日、辺境公は珍しく私を外に連れ出した。

と、いうのもアクランド家の伝統行事である鷹狩《たかが》りを、一応は次期当主である私にも見学させるという名目だ。

そうして、見たくもない鷹狩りを見るために、一緒にいたくもない義理の父と母と共に馬車に揺られる。

「……」

「……」

「……」


会話がない。

いやー、本当に気まずいことこの上ない空気だ。

使用人10名と馬車が2台。

私たちが乗っている馬車以外の馬車は誰が乗っているのか知らないけれど、そんな感じでご一行は森を行く。


で、馬車に揺られて2時間。

森の影は深く、そして薄暗いものになっていく。

と、そこでアクランド辺境公がとんでもないことを言い出した。

「なあ、アルバータ?」

「どうなされました貴方?」

「クリスティーナ嬢の姿が見えないのだ」

「ええ、確かにそうですね」

え?　ちょっと待って?　何言ってるかわからないんだけど?

すると、2人は御者《ぎょしゃ》に声をかけて、その場に馬車を停めさせた。

そうして、馬に乗っている使用人たちにも声をかける。

「クリスティーナがいない！　捜しに行かなくては！」

「魔獣が出るこの森で子供が1人……考えただけで恐ろしいですわ！　早く助けてあげないと！」

何言ってんだこの人たち？

と、私の頭の中は？マークで埋まって、そこで――

――ゾクリと背中に冷たい汗が流れた。

ひょっとして……これって……そういうことなの？

それから2人はそそくさと馬車から降りて、ドアを閉じると同時に外からその鍵を閉めた。

「一刻を争う！　足の遅いこの馬車は破棄し、そちらの馬車に私たちは移ろうと思う」

「ええ、貴方！　クリスティーナから危険を少しでも遠ざけるために、破棄する馬車の周りには非常食用の干し肉をまいておきましょう！」

と、そこで馬車の中に1人残された私は叫んだ。

「私は……私はここにいます！」

が、馬車の外からは反応がない。

それどころか、2人の声色がどことなく興奮したものに変わった。

「おお、アルバータそれは名案だ！　周囲の魔獣はこの馬車に群がり、遭難してしまったクリスティーナのところに行く可能性は低くなるからな！」

「しかし、本当に早く助けないと……子供の足では家まで最短距離でも3日はかかります。それに道は入り組んでいて、案内がなければ１００％人里に出ることは……大人でも不可能です」

私は再度、馬車の中から叫んだ。

無駄だとはわかってる。

けど、精一杯の大きさで、最大限に慈悲を請うように。


「私は……私はここにいます！」


が、私の叫びは空《むな》しく森の奥へと消えていく。

――そりゃそうだ。

最初から、邪魔になった私をこの場で置き去りにするつもりなんだから。

それでも、私は馬車の外に出ようと窓に手をやる。

ダメだ。こちらも外から鍵がかかっている。

「さあ、それではみんな――クリスティーナを捜しに行こうではないか！」

その言葉と共に、馬車と馬の蹄《ひづめ》の音が遠ざかっていき――


――私はその場に置き去りにされてしまったのだった。

5　ケットシーさんと出会いました

その場に置き去りにされてしまった私。

しかし、困った……と思う。

このままでは魔獣が群がってきて、私はすぐにジ・エンドだろう。

力が……力があれば……と、私はギュっと唇を噛みしめた。

「助けてください！　助けてください！　私はここにいます！」

閉じ込められ、馬車のドアを叩くけど……誰にも私の声は届かない。

そうして、令嬢育ちだった私は生まれて初めて――生命の危機を感じ……力を込めて、ドアノブを握り、肩をドアにぶつけて押し開けようとした。

――こんなことしたって無駄だってわかってる。

木製の馬車、鍵の金具は金属製。

女の私じゃ、鍵を破ることなんてできるはずがないと思ったその時――

――ズギョションバリっ！


と、変な音が鳴って、金具が壊れてドアが吹き飛んでいった。

「……え？」

と、私の頭の中は？マークで埋まる。

ん？　金具が壊れていたのかな？　と、そんなことを思いながら外に出た。

ともかく、外に出られたのはラッキーだったね。

でも、道はわからないし、当面の問題は山積だ。

水も食料もないし、辺境公のところには戻れない。そんなことをしてしまえば、今度こそ私は直接的に殺されてしまうだろう。

そもそも、帝都まで戻るにしても路銀《ろぎん》もないし、それ以前の問題だ。

――このままでは野垂《のた》れ死《じ》に以外に道はない。

蝶よ花よと育てられた私も……ここで終わりか。

そういうふうに考えると、肺から乾いた笑いが漏れてきた。

と、森をあてどもなく歩いていたその時――

――私の前に4人の愛らしい小人が現れたのだ。

身長は20センチくらいの小人たち。

妖精っぽい服装で、人間をそのまま小人にして、ネコミミと尻尾《しっぽ》をつけた感じかな？

髪型から男の子と女の子がいるみたいなんだけど、どの子も目がクリクリでとっても愛らしい。

「人間さん人間さん？」

「迷ってるです？　迷ってるです？」

あらま。

しゃべり方まで可愛らしいわね、この子たち。

と、この愛らしい生き物が視界に入っただけで、今までのことで擦り切れていた私の心が少し癒されたことに気がついた。

「君たちは何者？」

「僕たち」

「私たちは」

「「「ケットシーなんですー♪」」」

ああ、これが噂《うわさ》の……地上最弱の魔物として有名なケットシーか。

小さく頷き、私はこう言った。

「うん、私……迷ってるんだ。君たちは森の道には詳しいの？」

「はいですー！　道には詳しいのですー！」

「じゃあ、人里まで道案内をお願いしたいわ」

「いいですよー。でも条件があるのですー」

「条件？」

「僕たち弱いのです」

「とってもとっても弱いです」

「人間さんから魔力もらうと少しはマシになるですよ」

「従魔《じゅうま》契約なのです」

「生存確率上がるです」

ああ、従魔契約か、確か聞いたことがある。

えーっと、個体数制限があって、人生で5体までしか契約できないっていうやつだね。

「制限あるです。だから弱い僕たちと誰も従魔契約なんてしてくれないのです」

「悲しいです」

「くれるです？　くれるです？　魔力くれるです？」

「エルフの里に案内するですよー」

「僕たち自由気ままな種族なのですー。道案内だけですよ？」

まあ、このままここで彷徨《さまよ》っていても死を待つだけだ。

それに私は戦闘に生きる者でもなし、従魔の制限や用途なんて……どうでも良い。

道案内のためだけに契約したとしても、なんら問題はないと結論を出す。

「わかったわ。契約するにはどうすればいいの？」

「手のひらを広げてこっちに伸ばすです」

「こう？」

「それでいいですー。その手に僕たちが触れるですよー」

「契約の了承はしているので何もしなくて良いですー」

「魔力の操作は私たちがやるですよー」

そうして、ケットシーたちは伸ばした私の手のひらに一斉に触れて——


——閃光《せんこう》が走った。


眩《まばゆ》い光の中、体の中からケットシーたちに向けて力が流れていくのがわかる。

やがて光が収まると、そこには——


——体長3メートルを超える巨人……ムキムキマッチョがいた。

つまり、ケットシーは……ケットシーさんになっていたのだ。

「おいおい、どうしちまったんだよ俺たち！」

「こりゃあ……ケットシーの進化形態の猫又《ねこまた》じゃねえのか？」

「ついに私たち兄妹が……エリート中のエリートの猫又に⁉」

信じられないとばかりに、ケットシーたちはそれぞれの姿を確認し合って、ただただ茫然《ぼうぜん》と立ち尽くしていた。

いや、私も信じられないよ。

どうしてあんなに愛らしかった生物がムキムキマッチョに？

――ファンタジーというか、北〇の拳とかに出てきそうな感じになっちゃってるよ。

っていうか、可愛らしさが完全に吹っ飛んで、荒くれ者の集団みたいな感じだね。

ネコミミと尻尾がなければ、こんなの絶対に私も同一性を信じられないよ。

と、その場で固まっていた私に、巨人の１人が声をかけてきた。

「さあ、行きますぜ姉御《あねご》っ！」

「契約通りに……道案内をいたしやすっ！」

と、まあそんなこんなで――

私はやたらと頼りがいのある巨人のお兄さんとお姉さんたちと共に、エルフの里に向かったのだった。

☆　★　☆　★　☆　★

そうして、私たちはエルフの里に到着したんだけど——

「じゃあ、これでお別れですね。そういう契約だったので」

私が、ネコミミ巨人のお兄さんお姉さんにそう言うと、彼らは涙を流しながらこう言った。

「姉御！　困った時はいつでもあっしらを呼んでくだせえ！」

「姉御！　俺たちゃ、いつでも姉御のためなら命を捨てる覚悟だぜ！」

「姉さん！　私たちの絆《きずな》はいつまでも永遠に不滅でやすっ！」

「姉御！　カチコミにでも鉄砲玉にでもなんでも使ってくだせえ！」

えー……

何かよくわかんないけど、この短期間にめっちゃ懐《なつ》かれてるよ。この数時間の間に一体何があったというのだろう。

ってか、カチコミって……

そうして、若干引き気味になっている私に、ケットシー長男と思われる巨人が角笛《つのぶえ》を渡してきた。

「姉御！　これはケットシーの角笛でやす」

「角笛？」

「あっしらは魂でつながってやすからね！　これを吹けば、あっしらはいつでも姉御のためにすべてを捨てて駆けつけますんで！」

「お……おう……」

瞳がランランと輝いていて、なんというかものすごい熱意を感じる。

若干……いや、かなり引き気味になりながら、私は小さく頷いた。

「それでは何かあれば呼びますね」

すると、4人の巨人は跪《ひざまず》き、満面の笑顔でこう言った。

「「「「わかりやっしたー！」」」」

「それじゃあ。また会いましょう」

そうして、満足そうに巨人たちは去っていった。

で、私は木の柵で囲まれたエルフの里の入り口の前で小さく頷いた。

「とりあえず職を探さなくては……」

クリスティーナ（10歳）

レベル	782
HP	76350/76350
MP	67890/67890
魔力	2670
筋力	2560

スキル

武芸　レベル3
化学　レベル82
農業　レベル5

未顕現スキル

???　レベル???
???　レベル???

称号

転生者
万夫不当
神に背きし者
万魔狩り
核熱の破壊者

従魔

神猫《バステト》（最終進化済み）NEW

6　ギルドで魔力測定です

と、まあそんなこんなでエルフの里。

人間族とエルフの交流はほとんどないので、ここでしばらく逗留《とうりゅう》しても辺境公の耳には入らないだろう。

そうして、入り口から里の中に入ってみて私は驚いた。

「普通に街って感じだね」

樹木をくり抜いた系の住居……というかマンションみたいなのが建ち並んでいて、露店なんかも出ていて活気もある。

それから私は、入り口で入里管理をしていた衛兵さんから聞いた通りに労働者ギルドに向かった。

私は中期滞在の許可を得ているので、簡単な仕事なら斡旋《あっせん》してもらえるだろう……ということだった。


で、早速《さっそく》労働者ギルドの受付嬢さんと面会しているんだけど……

「それじゃあ水晶玉を触ってちょうだい」

「水晶玉？」

「ええ」と受付嬢さんは小さく頷いた。

「エルフの仕事は魔導具を扱うものが基本よ。つまり、どんな仕事をするにしても魔力が必要。そして、この水晶玉は魔力測定器具なの……まあ、これがエルフの就職試験のやり方ってことね」

「なるほど」

「それでこの水晶玉を触るとね、魔力の大きさに比例して遠く——そして大きな火が灯《とも》るのよ」

そうして受付嬢さんが水晶玉に触ると、水晶玉から30センチ離れた空間に蝋燭《ろうそく》の火ほどの大きさの炎が出てきた。

「ほら、こんなふうにね。まあ、これがエルフの平均くらいと思ってくれて間違いないわ」

「……わかりました」

でも、私って魔法の訓練なんかは全然してなかったからな。

ダメな結果はわかりきっているけど、まあとりあえずやってみるか。

そうして私が水晶玉に触ると——

「何も起きませんね」

「ええ、何も起きないわね……こんなのは子供……いや、赤子のような微力な魔力じゃないと考えられないわ。人間には稀《まれ》に魔力なしの者がいるって聞いたけど、貴女はそのクチみたいね」

それから、受付嬢さんはしばらく何かを考えて、申し訳なさそうにこう言った。

「今回は、悪いけど……」

「わかりました。それじゃあ私はこれで失礼します」

あー、労働でお金を稼げないとなると……こりゃあどうしようもないね。

帝都までの路銀を稼がないといけないんだけど……と、私の視界……見える光景が急速に色を失っていく。

途方にくれるっていうのはこのことなんだろうね。

「ちょっとお待ちなさい」

「え？」

振り返ると、エルフの受付嬢さんはニコリと笑った。

「本当ならこの結果じゃ職業斡旋はできないんだけど……ワケありなんでしょう？　評価は最低ランク以下だから最低賃金になるけど……薬屋の調剤工房の下働きを急ぎで欲しいっていう話があってね？」

「え？　ひょっとして……？」

「寝て食べるくらいのことはできるわ。贅沢しなければお金も少しは貯められると思う」

と、私は涙を流して受付嬢さんに「ありがとうございます！」と頭を下げたのだった。

☆　★　☆　★　☆　★

同日、同時刻。

ここは異世界の南極。

凍《い》てつく極寒の地にはまともな生物の息吹《いぶき》はない。

海中にはクラーケンが、海に浮かぶ氷塊の上にはホワイトドラゴンが。

一面が白色の大自然の雄大な景色の中、食物連鎖の頂点に立つ絶対強者が、王者の貫禄と共に悠《ゆう》然《ぜん》とした佇《たたず》まいを見せている。

と、その時——氷塊の上で寝そべるホワイトドラゴンの目が大きく見開かれた。

それは、周囲のすべてを白く染める閃光。

続けて響き渡る爆発音。

凍てつく大地を——地獄に染める灼熱《しゃくねつ》の炎。


——曰《いわ》く、天界の禁忌《きんき》。

——曰く、質量爆発。

——曰く、E＝mcの2乗。

――曰く、知恵の実の到達地点。

――あるいは、その現象は核爆発という呼び方がされることが最もポピュラーだろうか。つまりは、ホワイトドラゴンの視線のその先では謎の核爆発によって――

――島が1つ消えたのであった。

クリスティーナ（10歳）

レベル	782
HP	76350/76350
MP	67890/67890
魔力	2670
筋力	2560

スキル

武芸　レベル3
化学　レベル82
農業　レベル5

未顕現スキル

???　レベル???
???　レベル???

称号

地形破壊者 NEW
神猫の首領《ドン》 NEW
転生者
万夫不当
神に背きし者
万魔狩り
核熱の破壊者

従魔

神猫《バステト》（最終進化済み）

7　薬屋さんに就職しました

夕食の時間、カウンターテーブル。

隣に座っている親方のマルケスさんがこんなことを言い出した。

「メシの時間にこんなこと言うのもアレだが、さっきの窯《かま》な。ありゃダメだ。あれじゃ使いもんにならん」

私は今、エルフの薬屋さん……調剤工房で住み込みで働かさせてもらっている。

っていうか……エルフのお爺《じい》ちゃんというか、親方さんのアシスタントとして働いているんだよね。

ちなみに、お爺ちゃんのクセに体はかなりゴツい。

髭《ひげ》も生えているし、エルフっていうよりドワーフって感じだね。

元々、私は理系の大学を出ているので、この手の実験道具の取り扱いは慣れたもの……だと思ってたんだけど、まあ勝手は違うよね。

今、「使いもんにならん」と言われたのは調合したあとの錬金鍋の掃除の話なんだけど……イマイチ魔力の残《のこ》り香《が》を拭き取るという概念が理解できないんだ。

「ああ、申し訳ありませんマルケスさん」

すると、マルケスさんはニカリと笑った。

「そんなに深刻な感じで謝るなよ。最初は誰だってそうだ。やる気のない奴なら怒鳴り散らすが、お前は反省だけをしてれば良い」

「と、おっしゃいますと？」

「お前は自分で反省できるし、失敗した時はちゃんと自分で考えて、次には試行錯誤の跡が見える。だから、そのままで良いんだよ。そのままやってりゃ早晩《そうばん》一通りできるようになるさ」

ふーむ。

まあ、そういうもんなのかな？

と、そんなことを思っていると、マルケスさんはニカリと笑って「おかわり」とお椀を差し出してきた。

「本当によく食べますよね、マルケスさんは」

「ああ、お前のメシは美味《うま》いからな」

ガハハと笑って、乱暴に背中をバシバシと叩かれた。

まあ、この人はガサツな感じだけど基本的に人は好《よ》い。

人情深い江戸っ子の頑固お爺ちゃんって感じだ。

私の個人的な感情でいうと、嫌いなタイプではない。なんだかんだで優しいしね。

「しかしお前は本当に料理が上手いな？　店でも開けば大繁盛間違いないぜ」

カウンターテーブルから立ち上がってキッチンへ。お鍋から豚汁のおかわりをお椀によそう。

ちなみに、エルフは豆と米の食文化が発達しているので、醤油《しょうゆ》っぽいものや味噌っぽいものもある。

日本の料理をある程度再現できるのはありがたいし、それがマルケスさんの口に合ったのは僥倖《ぎょうこう》だった。

そうして私はカウンターテーブルに戻り、マルケスさんにお椀を差し出した。

「いやー、しかし本当に美味《うめ》えな」

「お世辞《せじ》が上手いですねマルケスさんは」

「いや、そんなことはねえぜ？　自慢じゃねえが俺は舌が肥えててな。お前の料理は尋常じゃないと思ってるぜ？」

「いやいや、言いすぎですって」

すると、マルケスさんはものすごい勢いで豚汁を食べて――

「ほら、証拠に――おかわりだ」

「はは、何回おかわりするんですか」

「5回目だな」

と、そこで、ははは と2人して笑い声がこぼれた。

うん、本当に美味しそうに食べてくれるから、毎日作り甲斐《がい》あるんだよねー。

「あ、そうだそうだ」

と、マルケスさんは椅子から立ち上がり、部屋の隅の戸棚を開いた。

はたして、そこには――

「サンドバッグ……ですか？」

そこには確かにボクサーが殴るような、壁に立てかけるタイプのサンドバッグが置かれていた。

ちなみに、サイズは普通のサンドバッグの半分くらいかな？

「ああ、昔に俺が使ってた健康器具だ。工房に籠《こも》ってたら体がなまっていけねえからな。最近はもうトシだし、そんなことはしてねえんだが……」

「ふむ……？　話が読めませんね？」

「今、お前は薬師《くすし》の仕事を始めたばかりだ。嫌なこともあるだろう、上手くいかないこともあるだろう。ストレスも溜まるだろう」

そうしてマルケスさんは、ニコリと太陽のように笑った。

「そんな時は、憎い親方の顔を思い浮かべながらサンドバッグを殴るんだ。俺も駆け出しの頃はよくやってたぜ。これが本当にスカッとしてな」

「いや、別にマルケスさんは憎くないですから」

「なら、嫌なことがあった時には、憎い奴の顔を思い浮かべながら殴ると良い」

と、マルケスさんはガハハと笑った。

うん、人懐っこいこの人の笑顔はやっぱり嫌いじゃない。

「ちなみになクリスティーナ」

「なんでしょうか？」

「呪術《じゅじゅつ》って知ってるか？」

「呪術？」

「まあ、恨みを晴らす魔術のことなんだが、素人《しろうと》でも憎しみってのは呪術的効果があるらしいぜ？」

「……と、おっしゃいますと？」

「昔の俺の親方を思い浮かべて、憎しみと共にサンドバッグにパンチの連打をしてたら、翌日に親方が道でコケて肋骨を折っちまってよ。これが本当にケッサクだった」

「またまた冗談ばっかり」

「まあ、冗談なんだがな。しかし、古《いにしえ》の大賢者並みの魔力があったりすると……本当にそんなしょうもないことでも効果があるらしい」

「本当にですか？」

「ま、蚊にかまれたりとかそんな笑い話だがな」

「もう、本当にマルケスさんは冗談が好きですね」

「いや、しょうもないことでも、相手を思い描いて何かをやると、さっきも言ったが大賢者なら蚊にかまれる程度の効果があるのは本当みたいだぜ？　そういう論文もあるらしい」

「でも、蚊にかまれる程度なんでしょうに」

「ま、ちゃんとした呪術儀式じゃないとダメなのは間違いないみたいだがな」

☆　★　☆　★　☆　★

――夜。

私は屋根裏部屋の自室のベッドで深くため息をついた。

「しかし本当に上手くいかないなあ……」

工房の掃除すら満足にできないし、今はお給料をもらうことすら……なんだか心苦しい状況だ。

――人間の国とは交流もないし、手紙でお父さんに助けを求めることもできない。

辺境公の領地の街だと、私が手紙を出す施設に顔を出すだけで危険なのは明らかだ。

かといって、歩いて1か月もかかる他領土までの道のりも危険がいっぱいなんだよね。

冒険者を雇って護衛を頼むにしてもお金がかかるし、関所を通る通行料も馬鹿にならない。

とりあえずは働いて、働いて……

それに、元々私は理系大学出身なので、傷を立ちどころに治すポーションにも興味がある。

これは研究者としての初歩教育を受けた者のサガだろうか。

「……早く私もポーション作ってみたいなぁ」

と、そんなことを考えている時、ふと、部屋の隅のサンドバッグが目に入った。


——憎しみの対象を思い浮かべながら殴る……か。


そうして私はベッドから抜け出し、サンドバッグの前に立つ。

私をこんな境遇に追い詰めた辺境公を脳裏に思い描いて、拳《こぶし》をギュッと握って……力を込める。

「……なーんてね」

まあ、そんなことしても意味ないよね。

でも、一応……憎い相手を思って、サンドバッグを1発軽く軽くかるーく殴っておいた。

イメージとしては辺境公の腹を殴る感じだね。

ドスンと良い音が鳴って、思いのほか……拳に伝わる感触が心地よい。

そうして、もう1発……今度は辺境公の頭の上からチョップをするイメージで——


——ドスン。

うん、悪くないね。

意外にストレス解消になるっぽいので、今後、嫌なことがあったらやってみようと思う。

と、そんなこんなで、私はベッドに入って私は眠りについたのだった。

8　超遠距離型無自覚ざまあが発動しました

「ゴブファっ！」

ベッドの上で私――アクランド辺境公は猛烈な痛みで飛び起きた。

痛い……腹が痛い。

尋常ではない痛みが腹の中で爆発している。

「クっ……カハっ！」

脂汗が止めどなく流れ、身動き一つ取ることすら困難だ。

一体全体どういうことだ？

何が……何が起きている⁉

ベッドを転がり落ちて、這うようにしてドアに向かう。

そうして、ドアノブによろよろと手を伸ばし、ガチャリと回すのと同時、体重で押し出すようにしてドアを開く。

「誰か……誰かおらんか？」

屋敷の廊下で、力ない声で呼びかけるが、誰も出てこない。

それから私は廊下を這いずり回り、今、この時間に確実にいるであろう守衛の部屋へと向かう。

と、その時――

「花瓶がっ⁉」

廊下の壁に備え付けられた棚の上に飾られていた花が――花瓶ごと頭の上から落ちてきた。

私の頭に直撃。

続けて、バリンと嫌な音を立てて、花瓶が割れる。

かなりの高さと重さがあったので、衝撃も凄《すさ》まじいものだった。

「グアアアアっ！」

私は濡れネズミのような状態になり、その場でのたうち回る。

頭が……頭が割れそうだ。

と、花瓶の割れる音で奥の部屋から守衛が出てきて――

「だ、だ、旦那様！　どうなされましたっ⁉」

☆　★　☆　★　☆　★

と、そうして私はようやく医者にかかることができたのだが、腹痛の原因は——
——急性の虫垂炎《ちゅうすいえん》だった。
翌日には手術を終え、ことなきを得たのだが……その時の私は知る由《よし》もなかった。
——その日を境に、私の身に不幸が立て続けに起きるということを。

クリスティーナ（10歳）

レベル	782
HP	76350/76350
MP	67890/67890
魔力	2670
筋力	2560

スキル

武芸　レベル3
化学　レベル82
農業　レベル5

未顕現スキル

???　レベル???
???　レベル???

称号

異形《いぎょう》の呪術師 NEW
地形破壊者
神猫の首領《ドン》
転生者
万夫不当
神に背きし者
万魔狩り
核熱の破壊者

従魔

神猫《バステト》（最終進化済み）

9　亀が気になるお年頃（10歳）なのです

――マルケス親方は、庭で亀を飼っている。

彼は今60歳。

奥さんが早くに亡《な》くなり……確か結婚して数年だったかな、30代の前半で他界しているはずだ。

一途な性格だったみたいで、それ以来女性の話はトンと聞かない……というのは、ポーション仕入れ業者のリチャードさんの談。

「だから、年をいってからできた子供みたいな感じでクリスちゃんは可愛がられてるのかもね」と、反応に困ることを言われたけど、まあ……マルケスさんは良い人だよね。

と、それはさておき、妻と子供がいない寂しさを亀を飼って紛らわせているのは間違いないみたいなんだよね。

で、亀の数は50匹くらいいて、すっごい多いし……すっごい可愛い。

爬虫類《はちゅうるい》は今までノーサンキューだったんだけど、つぶらな瞳が可愛いんだよねー。

それに、この子たちみんな手のひらサイズでちっこいし。

そんでもって私のことをちゃんとわかっていて、餌《えさ》をあげる時には寄ってくるし、パクパクさせるお口が可愛らしいんだ。

で、亀たちは甲羅《こうら》を干すために、水から出ている大きな石の上を陣取ったりするんだけど……

「ああ、またこの子、石の上から水の中に弾き出されちゃった」

カメ吉と私が勝手に名付けた子なんだけど、滅茶苦茶体が小さいんだよね。

で、力も弱いみたいで、いつも甲羅干しの時は隅っこに追いやられてしまうんだ。

私は「頑張りなさいよ。いつもいつも負けてちゃダメだよ」と一声かけて、石の上にカメ吉を戻してあげた。

まあ……ここに雇われてからずっと世話してるから、変に亀には情が湧いちゃっていると、そういうことだ。

☆　★　☆　★　☆　★

「で、この手順を終えたあと、込める魔力のイメージがポーションの効果を変えるわけだ」

ポーションの作り方の手順は至って簡単。

・地の精を帯びている不思議な薬草を使って薬液を調合する

・魔術作法に則《のっと》り魔力を込める

ただ、これだけ。

で、薬調合師の腕の見せどころは、魔力を込める塩梅《あんばい》だね。

魔力の消費量が激しいので、いかに効率よく大量生産するかという勝負になるんだ。

駆け出しなら1日5本で、上級者なら15本。ウチの親方であるマルケスさんは1日20本作れるのでちょっとした自慢だね。

ちなみに、上級者が丁寧に作った場合は、微々たるものだけど効果に違いが出る。

RPGでいえば、HPが100回復するポーションなら、101くらいの差らしい。

ま、誤差みたいな微々たるものなので、そこは大量生産路線のほうが良いということだね。

「最初だから、なんでも良いからポーションを使った人が元気になるようなイメージをしてみろ。とりあえず、ポーションの薬瓶を握って魔力を込めればそれで良いからな」

魔力を込めるってのがよくわからないけど、とりあえず薬瓶を握って気合を入れる感じって言われたからね。そのあたりはマルケスさんは豪快だ。

それに……うーん、イメージ……か。

寝たきりのお爺ちゃん……いや、お葬式の棺桶の中のお爺ちゃんが、急に起き上がってフルマラソンを始めるみたいな感じで……

こう、死んでる人でも起き上がって、むしろ死ぬ前より元気に力強くなる感じ……良し、これでいってみよう！

で、「ぐぬぬぬ……」と気合を込めてみた。

出産の経験はないけど、そんな感じで腹筋に力を入れてみる。

それはもう、顔中に血管を浮き上がらせて、顔を真っ赤にして……とにかく、お腹から頭にかけて力を込めて、気合を入れる。

「ほう、サマになってるじゃねえか。クリスは実はすごい才能があるのかもな。普通は初回でそうは上手くいかないんだが……」

あ、これで良いんだ？

意外に簡単だなーとか、思わずニンマリしてしまう。

ちなみに、マルケスさんをはじめとして薬屋の人たちは、私のことを「クリス」と呼んだりするようになった。クリスティーナはちょっと長いしね。

「まあ、顔はヤバいがな。およそ10歳の娘がやっていい類《たぐい》の顔じゃなかったぞ。白目剥《む》いてたし」

「それは言わないでくださいよ。こっちだって必死だったんですから」

と、そこでマルケスさんは「はてな？」と小首を傾げた。

「何か……このポーションは変だな」

「変？　と、おっしゃいますと？」

「いや、ポーションは効能によって色が変わるんだ」

「ふむ？」

「上級者なら毒消しとかを付与することはできる、ちなみにその場合はオレンジ色な。で、素人はそんなことは絶対にできないので、魔力が薬液に通ったとしても回復効果のみ……つまりは青か緑の系統になるはずなんだが……」

そうして、マルケスさんは私の薬瓶を指さしてこう言った。

「これ……ドドメ色だ」

☆　★　☆　★　☆　★

夜。

屋根裏部屋のベッドに寝転がり、私はドドメ色のポーションを眺めていた。

素人がとんでもないイメージをした時の失敗作はこんな感じになることが稀にあって、もちろんポーションは使い物にならない……ということで記念にもらった。

「ふふふ」

いや、でも失敗作とはいえ、初めて私が作ったポーションなんだよ。

どうにも、思わず頬が緩んでしまうのは仕方ないよね。

なんというか、達成感的な何かというか、そんな感じの意味合いでね。

と、そこで「あっ」と私は起き上がった。

いけないいけない、亀に餌をやらないと……


そうして庭に出て、置いてある水槽を見て「そ……ん……な……」と、私は言葉を失った。

「カメ吉……カメ吉が……」

そう、カメ吉は水の上に――プカリプカリと浮かんでいたのだ。

慌てて水から上げるけれど、時既《すで》に遅し。

ピクリとも動かないし、ペチペチしても反応がない。

「……死んでる」

手のひらサイズよりも小さいカメ吉の重さが、嫌でも命の儚《はかな》さを感じさせる。

「そんな……そんなことって……」

涙と共に私は部屋に戻る。

テーブルの上にタオルを敷いて、カメ吉を置いてあげる。

「……明日埋めてあげるからね」

はー……と、私は頬を流れる涙と共にため息をついた。

――だから、生き物を飼うのはつらい。

地球にいた頃にも何度も同じ経験をしている。

と、いうのも、地球での私のお父さんから聞いた、感銘を受けた話があったんだよね。

要約すると、子供が生まれたら、同時に犬を飼うべきって話だ。

子供が赤ちゃんの時、子犬は赤ちゃんの良い遊び相手になる。

時が経ち、人間の子供の少年・少女時代には、犬と子供は互いの気持ちを理解できる良い友人となる。

そして、犬の寿命は10年足らず。

最期に自身が死ぬことによって……犬は子供に命の尊《とうと》さを教えてくれるのだ。

――そして事実、私は犬にその通りの……色んな大切なことを教えてもらった。

あの子を飼って以来、我が家はもふもふ好きとなっているんだけど、私のもふもふ好きの根底もそこにあるんだよね。

まあ、この世界ではまだもふもふは飼ってないんだけどね。ちなみに――

――実はケットシーさんですら私は可愛いと思っている。

それくらい、私はもふもふ好きなんだよね。

と、それはさておき、つまりは私はペット全般が好きなんだけど……

――うう……カメ吉……

やっぱり、この瞬間だけは何回経験しても慣れないや。

新しい出会いがあれば別れがある。それは仕方のないことだ。

ならば、見送る側として、胸の中に命の記憶を刻み込む――

――それが去っていく命に対する最大限の敬意と礼儀だろう。

「……カメ吉」

そうして、私はこの世界の風習を思い出した。

確か……お葬式の時、ポーションを少量、遺体に浴びせるんだったよね。

天国への道の途中で、怪我をしても大丈夫なように……だったかな。

地球でも三途《さんず》の川《かわ》の渡し賃を棺桶に入れるみたいな風習は各地にあるので、それとほとんど意味は一緒なんだろう。

「私の初めて作った……ポーションだよ。持っていってね、カメ吉」

そうして、私はカメ吉の遺体にポーションを浴びせたのだった。

☆　★　☆　★　☆　★

――翌日。

「ク、ク、ク、クリスっ！」

屋根裏部屋の出入り口をドンドンと叩く音。

寝ぼけ眼《まなこ》をこすりながら、私が下に下《お》りていくと——

「あ、どうしたんですかマルケスさん？」

「カ、カ、カ、カメが……亀がっ⁉」

「カメ？」

「も、も、も、ものすごい勢いで廊下を走って——庭に出て水槽に……っ！」

カメが廊下？ 走る？ 何言ってんだこの人？

と、マルケスさんに手を引かれるままに私は庭に出てみる。

すると——

「カ、カ……カメ吉が……？」

昨日、確かに私の部屋のテーブルの上で亡くなっていたカメ吉。それが——

——なんということでしょう、一晩経ったら庭の水槽の中で元気に泳ぎ回っていたのです。

いや、ビフォーアフターをやるテレビのリフォーム番組みたいなノリになっちゃってるけど、本当にどういうことなんだろう？

うーん……うーんと私は考える。

一体全体何が起きているんだと、考え込んで考え込んで結論を下した。

つまりは——

——冬眠の仮死状態だったのかな？

季節外れの桜みたいなもんで、咲いたらすぐに枯れたみたいな？

うん、多分《たぶん》、そんな感じだろうね。

で、カメ吉は水槽の中をものすごい勢いで泳ぎ回り、甲羅を干すために石に登ろうとして……兄弟たちをものすごい勢いで押しのけていった。

——何かカメ吉……無双してない？

いつもは押しのけられる側だったのに、まるでブルドーザーのように兄弟たちを石の上から水の中へと蹴落としていく感じなのだ。

強い、カメ吉強い、超強い。

とにかく勢いがすごくて、キレッキレの動きだ。

と、まあそんなこんなで——カメ吉冬眠事件は幕を閉じたのだった。

ちなみに、カメ吉はそれからすくすく育ち、手のひらサイズからちょっと大きくなった。まあ、まさにカメガメの王という風格に育ったのだった。

とはいっても、つぶらなお目目はパッチリで可愛いままだね。

クリスティーナ（10歳）

レベル	782
HP	76350/76350
MP	67890/67890
魔力	2670
筋力	2560

スキル

武芸　レベル3
化学　レベル82
農業　レベル5

未顕現スキル

???　レベル???
???　レベル???

称号

生命を弄びし咎人《ネクロマンサー》 NEW
切望されし力の根源者《デビルリソース》 NEW
異形の呪術師
地形破壊者
神猫の首領《ドン》
転生者
万夫不当
神に背きし者
万魔狩り
核熱の破壊者

従魔

玄武の幼体（未契約だが一方的に懐かれている。最終進化済み） NEW
神猫《バステト》（最終進化済み）

10　素材採取でも大騒動が起きそうです

そして、カメ吉が元気になってから2週間。

私は今日も中庭で亀たちに餌をあげていた。

「ふふふー、やっぱりカメ吉は可愛いなー」

何かカメ吉の食べる量が10倍くらいになったんだけど、なんでなんだろうね。

あ、冬眠明けだから食べてるのかな。

何か最近は、白ヒゲと長い白眉毛が生えてきて、お爺ちゃんみたいで可愛いんだよねー。

尻尾にも毛が生えてきてビーバーっぽい。

ふふふ、やっぱり可愛いなー。

「ふふ、ふふふ、ふふふのふ……」

とか、そんなことを呟きながら餌をあげていると、マルケスさんが私の背中を手のひらでドンと叩いてきた。

「おい、どうしたんだ？　ほぼイキかけたような表情をしていたぞ？」

動物を愛《め》でる時の私の癖なんです！

っていうか、どうして野球選手のイ○ローさんの名台詞《めいせりふ》？　をマルケスさんが知っているんだろう。

「それに、ちょっと魔女っぽかったぞ、ふふふってやつ」

いや、確かに……魔女っぽい可能性は高い。

現代日本で飼っていた、初代ゴールデンレトリバーのタロー君を愛でている時、私のふふふのふっていう笑い声で「魔女儀式疑惑」を隣のお兄ちゃんからかけられたこともあるし。

と、それはさておき——

「それじゃあ、今日は素材採取をお願いするぜ」

と、マルケスさんは右手親指を立たせたのだった。

☆★☆★☆★

さて、今日はアイリーンさんとポーションの素材採取のため森に来ている。

ちなみに、森には川が流れているので、カメ吉を遊ばせようと思って、大きな瓶《かめ》にカメ吉を入れて一緒に連れてきてるんだよね。

アイリーンさんというのはマルケスさんの調剤工房に併設されている、お店のほうを任されている店員さんだ。

冒険者ギルドでは最近、薬草の相場が上がっている……というか、手に入りづらくなっている。

なのでお店が休みの今日は、２人で薬草採取に来たという寸法だ。この辺りは魔物も出ないから女２人でも大丈夫だしね。

で、私たちは小休止とばかりに川に立ち寄った。

水を水筒に補充して一口。

うん、美味しーい！

喉《のど》がカラカラだったから本当に美味しいよ。微《かす》かな甘さすら感じられて、まさに天然のミネラルウォーターだ。

ごきゅごきゅと私が水を飲んでいるところで、赤髪のアイリーンさんはクスリと笑った。

「聞いたよ、クリス」

アイリーンさんは確か年齢は今年20歳になるって話だったっけ。勝気な性格で、すっごい美人だし、カッコイイ姉御肌って感じの人だ。

「何をでしょうかアイリーンさん？」

「ポーションの色が全部ドドメ色で使えないんだって？」

「ええ、マルケス親方も、他のみんなも不気味がって誰も試してくれないんですよ」

「まー、稀にその色が出るって話はあるよね。それに、その色って滅茶苦茶不味《まず》いって噂だしね」

まあ、体に悪そうだもんね。

なんていうかこう……闇の錬金術師とか、ネクロマンサーとかが怪しげな地下室とかで錬金窯をかき混ぜて作ってそうな感じの臭《にお》いがする。

最近、ポーション作りはこなれてきたんだけど、臭いだけが強烈になって、肝心の効能は認められないんだよ……とほほん。

「でも、効果すらも試してくれないなんて……酷《ひど》いです」

ちなみに、私が飲んでも効果がなかったので、それだけの理由で結論として効果なしということになっている。

「それじゃあクリス？　私が飲んであげようか？」

「え？　良いんですか？」

アイリーンさんはニコリと笑った。

「アンタはウチの工房の天使ちゃんだからね」

「天使ちゃん？」

「親方も含めて、みんなクリスにはデレデレなんだよ？　見た目可愛いし、銀髪サラサラヘアーだし、ご飯はめっちゃ美味しいし」

「……そんなこと言われても反応に困ります」

と、私は下を向いて頬を真っ赤にした。

まあ、みんな……確かに私には甘いところあるよね。

「何よりもクリスは真面目でひたむきだからね。なんでも進んで質問してくるし、質問する前にはちゃんと自分で調べてるし、質問の回答を受けたあと、遅くまで１人で本を読んでちゃんと消化してるし」

まー、そのあたりは大学の教授による教育の賜物《たまもの》だろうね。

かなり厳しく教えられた自覚はあるけど、そこは先生に感謝かな。

「ともかく、工房の連中はみんな腕に自信のある努力を重ねた職人だからね、若い頃の自分を思い出してるのさ。なおかつ、クリスは娘みたいな年齢だろ？　そりゃあ憎いはずがない。もちろん、私もクリスが好きなんだよ」

「アイリーンさんはどうして私を？」

と、言うと、アイリーンさんは「ぎゅー」っと私を抱きしめてきた。

「見た目可愛いからに決まってんじゃん！」

「えー!?　理由それだけですか？　それだけなんですか？」

「可愛い以外に理由など必要ないっ！」

いや、そこは賛成するけどさ。私も、ただ可愛いというだけで、もふもふを愛せる人だし。

っていうか、まあアレだなー。本当にこの工房に拾われて良かったってつくづく思うよ。

周りには良い人しかいないしね。

「貸してみな、クリス。私がクリス印のポーションの被験者1号だ」

言われるがままにドドメ色のポーションを渡すと、アイリーンさんは瓶の蓋を開けた。

すると、彼女は——

「ポーション、臭《くさ》っ！」

と言って、瓶を川に落としてしまった。

続いて、私も——

「臭っ！」

と言って、思わず鼻をつまんでしまった。

で、2人して「ははっ」と笑い始めて、笑いは大きくなって、やがてその場で大爆笑をし始めてしまった。

なんか、謎にツボに入って笑っちゃう時ってあるよね。まさに今、その状況。

この臭さが妙におかしくて、私とアイリーンさんはケタケタとお腹を抱えて大笑いしちゃったんだ。

「あー、ごめんごめんクリス。頑張って作ったポーション落としちゃったね」

「良いんですよ、部屋に大量にありますし」

「いや、やっぱり悪いよ。お詫《わ》びに……そうだね——」

そう言って、アイリーンさんは薄い胸をドンと叩いた。

「今度の休日にお姉ちゃんが服を買ってあげよう！」

「え？　良いんですか⁉」

「ワケアリでお金がいるんだろ？　いつも工房の作業着だし、替えの私服もないみたいだし、ここは私に甘えときな」

　ニコリと笑うアイリーンさんに、私は素直にコクリと頷いた。

「ありがとうございます！」

「ただし、条件がある！」

「条件？」

「着せ替え人形になってもらうからね！　いやー、私は末っ子でさ、可愛い妹ができたら連れ回してそういうことしたかったんだよね」

「全然問題ありません！」

「ちなみにこのアイデアは、工房のみんなのクリスに服を買う計画の先取り……というのは秘密にしときなよ」

「あ、そうだったんですか」

「クリスは愛されてるからねえ」

　と、そこでアイリーンさんは鼻をつまんで、思い出し笑いをした。

「いやー、でも本当に強烈な臭いだったたね。まるで腐ったヒポポタムシだよ」

腐ったヒポポタムシ？　なんのことかはわからないけど、ここはスルーしておこう。

「それか、ドラゴンの墓場みたいな臭いだね。できたてほやほやの頃に怖いもの見たさで行ったことあるんだけどさ」

「ドラゴンの墓場？」

「ああ、知らないのか。この川のすぐ下流の湖で、昔にドラゴン族の戦争が起きてね」

「ふむふむ」

「湖のほとりにドラゴンの死体が大量に置き去りにされてたんだよ。で、腐って腐って大変な大惨事さ」

「にゃるへそー」

「それで、骨だけになった頃合いで、里のみんなが総出で湖に沈めたんだよ。アンデッド化でもしたら厄介だからね」

「アンデッド化？」

「ああ、ドラゴンの骨は半端じゃない魔力を帯びているからね。どんな拍子でアンデッド化するかわかったもんじゃないのさ」

「ええー？　それって大丈夫なんですか？」

「安心しな。湖はエルフの民が水源として選んだものだから、聖の気が強い。ちょっとやそっとのことじゃあ闇の力はレジストされちまうよ」

それを聞いて、私は胸を撫でおろした。

「だったら安心ですね」

「ああ、本当にちょっとやそっとのこと……それどころか、並みのネクロマンサーが良からぬことを企《たくら》んでも問題ないよ」

そうして私たちが休憩を終えて、さあ、薬草採取に行こうとしたところで――

「グオオオオオオオオっ！」

ドラゴンゾンビさんが4体、空からこちらに向かって飛んでくるのが見えたのだった。

11 エラいことになったので、本作のメインマスコットたるケットシーさんが再登場しそうです

私は顔面蒼白になってこう呟いた。

「どうして……どうしてこんなことになっちゃったの？」

ドラゴンゾンビさんたちは私たちに向かって一直線に飛んでくる。

慌てて私はアイリーンさんと一緒に逃げようとしたんだけど——

「……あ」

固まって、アイリーンさんが動かない。

「アイリーンさん！　逃げないと！」

でも、アイリーンさんは動かない。そして首を左右に振って——

「ドラゴンゾンビは私たちを獲物と定めたのさ、ここから逃げ切れるわけがない」

そう言って、アイリーンさんは護身用のナイフを取り出した。

「……アイリーンさん？」

「覚悟を決めなクリス」

「……覚悟？」

「ドラゴンゾンビは凶暴で醜悪な性格をしてるんだ。生きたまま弄《もてあそ》ばれて、長く長く苦しんで死ぬか……自分の手で自分自身を一撃で決めて、楽になるか……だよ」

そ、そ、そんな……

そ、そ、そこまでヤバい状況なの？

ドラゴンゾンビさんに目をやると、さっきまでは1キロくらい離れてる感じだったのに、今はもう200メートルくらいまで近づいている。

体長も5メートルくらいある感じだし、ものすごい速さだし、確かに逃げ切れそうにはない。
そうして、アイリーンさんがナイフを自分の喉に突き立てようとした時――

――瓶の中でカメ吉が唸り声をあげた。

「カメ……吉……？」
すると、晴れていた空が急に曇天《どんてん》になった。
そのまま、ピカリと光った稲光と共に――

ガラガラドシャーンっ！

雷がドラゴンゾンビさんのうちの1体に直撃し、そしてバッシャーーンッと音を立てて、川に落ちた。

え？　カメ吉？　カメ吉がやったの？
と、そんなことを考えるけど、まあ、まさかそんなわけはない。
雷を使える亀って言えば、この世界では上位種族である聖獣《せいじゅう》、その更に最上位の神獣《しんじゅう》である玄武《げんぶ》くらいしか、私の知る限り存在しない。

普通の亀であるカメ吉が、そんなことできるわけがないのだ。

そこでアイリーンさんが首を左右に振った。

「どうやら……運良く1体減ったみたいだけど、あと3体もいるよ。絶対に逃げ切れない」

どうすれば……どうすれば……何かできることはないの？

さっきの雷で、ドラゴンゾンビさんが1体減ったという事実で、少しだけ冷静さを取り戻せたのか、私は「あっ！」と息を呑んだ。

——ケットシーの角笛！

ドラゴンゾンビさんは強そうだし、確かにめちゃくちゃデカい。

でも、ケットシーさんたちもめっちゃデカいし、ムキムキだ。

ケットシーさんたちは身長3メートル50センチくらいで、ドラゴンゾンビさんより小さい。でも——

——ムキムキだ！　とにかくムキムキマッチョだ！

オマケに、見た目のノリが完全に世紀末を舞台にした例のマンガのソレと同一なんだ！

敵がファンタジーなら、こっちは世紀末の世界観で対抗だ！

相手がドラゴンだろうが魔王だろうが、負ける気しないもんね！

うん！

——あのムキムキマッチョの荒くれのもふもふたちなら、なんとかしてくれそうな気がするよ！

私は懐《ふところ》から手のひらサイズの角笛を取り出して、息を大きく吸い込んで――

――ブオーーーーン！


い、い、今、なんか地獄の門の向こう側から聞こえてきそうな音がしたよ！

た、た、た、確かにムキムキマッチョの荒くれ者どもが「へい、お待ち！」って感じで出てくるにふさわしい音が聞こえたよ！

そうして、悪夢という言葉を具現したような音がしたその時、ドラゴンゾンビさんは確かに何かを警戒して空中で止まった。

「……」

「……」

ふむ、ドラゴンゾンビさんは警戒しているようだね。

そして私たちはドラゴンゾンビさんを注意深く見守った。

「……」

「……」

うん、ドラゴンゾンビさんはやっぱり何かを警戒しているようだ。

そして私たちはやっぱりドラゴンゾンビさんを注意深く見守った。

「……」

「……」

「……」

「……」


そしてお見合いを続けること30秒、ついに私は我慢できなくなり――

――って、すぐに来ないんかーいっ！


思わず関西弁でツッコミ入れちゃったよ。

やたらグイグイ私に来てたし、「姉御姉御！」「すべてを捨てて駆けつけますんで！」とか言ってたので、絶対すぐ来ると思ってたんだけどなぁ……とほほん。

まあ、普通に考えたら、そんなにすぐに来れるわけないよね。

と、そこでドラゴンゾンビさんたちは「グオオオオオ！」っと咆哮《ほうこう》した。

骨だけで肺も声帯もないのに、どうやって声を出しているのかは謎だけど、まあ、そこはファンタジー的な何かだろう。

そうして、ドラゴンゾンビさんのうちの1体が、こちらに向かって上空から飛びかかってきたその時――

「危ない！」

私がアイリーンさんに叫んだ瞬間、１つの影がアイリーンさんとドラゴンゾンビさんの間に割って入った。


――ヒュオン。


煌めく剣閃《けんせん》と共に現れたのは、金髪の綺麗《きれい》なエルフの剣士だった。

長い耳にスラリとした長身、切れ長の目はエルフって種族だけあって神々しさすら感じさせる。

「クリフォード？」

「戦場の私は……風の剣士として名前が通っているんだよ、アイリーン」

と、ドラゴンゾンビさんの噛みつき攻撃をクリフォードさんは剣で受け流し、そして――

「風刃嵐《ウインドエッジストーム》！」

手のひらから風魔法をドラゴンゾンビさんにぶつけると同時、ひるんだところで飛び上がる。

「足場《エアーステップ》！」

流れるような、まるで舞いのような動きでドラゴンゾンビさんの攻撃を空中で避けながら、頭部に一撃。

剣で切るというか、平たい部分で殴ったって感じだね。

ともかく、クリフォードさんはめっちゃ強いみたいだ。

あのデカさのドラゴンゾンビさんと互角以上に戦っているよ！

と、そんなクリフォードさんをアイリーンさんはなんとも言えない表情で……唇を噛みしめながら彼の一挙一動に視線を送っている。

知り合いみたいだけど、クリフォードさんがこの場に現れたことに対して、何か思うところがあるみたいだ。

気まずい感じというかなんというか……まあ、どうしていいかわからないみたいな感じだね。

と、それはさておき――

「クリフォードさん！　もう1体来ます！」

「ドラゴンゾンビと言えば高位アンデッドです！　私では1体を押さえるのが限界！」

ええ、ヤバいじゃん！　ヤバヤバじゃん！

1体でも限界ってことは、残り2体で……合計3体で……計算すると、ヤバいが3倍！　つまり――

――ヤバヤバヤバじゃん！

と、その時――

「お待たせしやした姉御！」

お？

おお？

おおおおおっ！

来た、やっと来た！　ついに来た！

やたらマッチョなもふもふたちが４人現れたよっ！

猫の巨人がやってきたよ！

いやー、最初に見た時はドン引きしたけど、この状況だとあの筋肉の頼り甲斐って半端ないよね。

で、ケットシーさんたちは、私とアイリーンさんを守るように前面に盾のように体を投げ出した。

そして迫りくる２体のドラゴンゾンビさんは、大口を開いてケットシーさんのうちの２人に噛みついて……

って、え？　噛みつかれた？　やたらマッチョなもふもふなのに？　ってか、ダメ、あ、あ、あた、頭——

——頭からいかれたあああああっ!?

バクリとケットシーさんの鎖骨あたりまでを覆うように、ドラゴンゾンビさんが噛みついちゃったよ！

や、や、やっぱり力の差があったのかな？

元は最弱の魔物のケットシーだもんね、と私が恐れおののいていると——


「その程度か？　雑種がっ！」


フンッと2人のケットシーさんが力を込めると、なんて言うかこう……闘気っぽい何かが発生した。

で、パンッとドラゴンゾンビさんの頭部が破裂した。

そう……破裂したんだよ。

骨がこう……なんていうか……ぱらぱらって破片が散る感じで。爆発が起きたみたいな感じでさ。

続けざま、クリフォードさんが相手にしている残る最後のドラゴンゾンビさんに向けて、ケットシーさんたちは走った。

そうして、走ると同時にケットシーさんたちは消えた。

かと思いきや、次の瞬間にはドラゴンゾンビさんの4本の足の近くに現れた。

その光景にクリフォードさんは青ざめた表情でこう言ったんだ。

「これは瞬間移動……いや、次元転移魔法？　いいや、違う、この動き……これは……技……そう、武技だ。これはまさか……？」

クリフォードさんの言葉に1人のケットシーさんが大きく頷く。

「――縮地《しゅくち》だ」

そうドヤ顔で答えると、ケットシーさんたちは、それぞれ自分の近くのドラゴンゾンビさんの足を手に取った。

「縮地!?　あの伝説の武技を習得しているというのですかっ!?」

クリフォードさんは衝撃のあまりに大口を開いてパクパクとしている。

で、ドラゴンゾンビさんの足を持ったケットシーさんたちは、抱きかかえるように……否、ドラゴンゾンビさんの膝あたりを押さえつける。

そして、これは……と私は思う。

――レッグホールド？　足関節技……だと？

ドラゴンゾンビさんの足を持ったまま、大きな大きな声でケットシーさんたちは叫んだんだ。

「「「WASSHOI《ワッショイ》!!!」」」

と、同時、周囲に嫌な音が響き渡った。


――ボキッ！

そして、一糸乱れぬ動きでドラゴンゾンビさんの足を破壊し、ドラゴンソンビさんの胴体はドシーンという轟音《ごうおん》と共に地面に落下したのだった。

12　ようやく、まともに可愛いもふもふが出てきました！

「お控《ひか》えなすって」

という言葉と共に、ケットシーさんたちはアイリーンさんとクリフォードさんに向かって片膝をついて、手のひらを差し出して挨拶をしていた。

いやいや……と私は思う。どうしてこのやたらマッチョな猫の巨人たちは——

——仁義《じんぎ》切ってるんだろう……と。

前もカチコミとか鉄砲玉とかいう言葉を使っていたし、やはりこの人たちはアウトローの世界の側に立った……もふもふなんだろうか。

と、そこで私の視界に愛らしい生き物が入った。

お？　あの子は誰だろう？

身長が20センチくらいの小人で、初対面の時のケットシーと同じ見た目だね。

やっぱ妖精っぽい服装で、人間をそのまま小人にして、ネコミミと尻尾をつけた感じ。

髪型からして男の子かな？　顔がめっちゃ可愛いから男か女か、イマイチ判別できないんだけどさ。ともかく目がクリクリでとっても愛らしい。

と、小人のケットシーは片膝をついて手のひらを差し出した。

「お、お、お……おひか……」

ん？　この子もお控えなすってっていう挨拶をするつもりなのかな？

そんなふうに愛らしい生き物を眺めていると――

「おひかえなすってなんですよー。ぼくはケットシーのケアルなんですー」

おお、どうやらこの子はちゃんとまともなケットシーみたいだね。

と、そこでケットシーさんの長男と思わしき巨人が私に声をかけてきた。

「姉御！　こいつにも盃《さかずき》を！　盃を授けてやってくだせえ！」

「ケアルは俺たち兄妹の末っ子でね」

「私からもお願いします！　盃を！　親子の盃を！」

いや、盃って……

なんでいちいちこの人たちはこうも発言が物騒なんだろうか。

っていうか、盃っていえば従魔契約のことだよね。ケットシーがケットシーさんになっちゃった原因の……アレのことだよね？

「ぼくもけいやくしたいのですよー」

「僕ってことは男の子？」

「ぼくはおんなのこなんですよー」

なるほど、僕っ娘か。と、それはさておき。

しかし……と、私はマジマジとケットシーを眺める。


——大きな瞳に真ん丸お目目。

——ネコミミはぴくぴく動いてて。

——オマケに尻尾はふーりふり。


いかん、これはけしからん。

「おねがいするのですよ。ねえちゃ、ぼくもけいやくしたいのですよー」

「ねえちゃって私のこと？」

「ん？　そうですよ？　ねえちゃはねえちゃなんですよー」

「もう1回言ってくれる？」

「ねえちゃ？」

「小首を傾げて」

と、言われるがままに小首を傾げて、ケットシーはこう言った。

「……ねえちゃ？」


うん、可愛い。

これは可愛い。そもそも見た目から可愛い。

「ぼくもにいちゃたちみたいになりたいのですよー。ねえちゃー、ぼくもけーやくしたいですのですよー」

甘えた声で言われてしまった。

か、か、可愛い……これは可愛い……けしからん、これはけしからんぞ！

しかし、さっきからゆっさゆっさ動いている尻尾にどうしても目がいっちゃうよね。

と、そこで再度小首を傾げてケットシーはこう言った。

「しっぽさわるです？」

「触ります！」

差し出された尻尾を鷲掴みにしてみる。

あー、やっべー……このもふもふ感やっべー。

「クリス？　涎《よだれ》出てるよ」

あ、こりゃ失礼、アイリーンさん。

「あと、顔がヤバいよ？」

それは言われても直せないよ。もふもふを愛でる時は絶対に半目開きになるんだもん。

で、尻尾を触ってたらケアルちゃんが再度こう言ってきた。

「ねこみみさわるです？」

「触ります！」

あー、マジでヤバいよこれ、超もふもふ感半端ない。

っていうか、ケアルちゃんの……このもふもふ感を堪能しながら思う。

——私は今、この世界に生まれてきて良かったと初めて思ったかもしれないよ……と。

「で、君はどうして契約したいの？」

「にいちゃたちかっこいいのですー。ぼくもかっこよくなりたいのですよー」

「ダメ！　それはダメ！」

いや、確かにカッコ良い、でもそれは魔物的な意味であって、もふもふ的な意味では違うんだよ。

だから、君は、君だけは——

——そのままの君でいて！

私の周囲の世界に、北○の拳の枠はもう……いっぱいいっぱいなんだよ！

「姉御！　俺からもお願いしやすわ！」

と、ケットシー次男と思われる巨人がめっちゃ近づいてきて、っていうかグイグイ来た。

いや、近い……近いよケットシーさん。

っていうか、やっぱ見た目の圧力半端ない。

まあ、もふもふという時点で、私の中ではギリギリセーフの愛でる対象ではあるんだけどね。

「えーっと……とりあえず保留で良いかな？」

「どういうことですか姉御？」

「従魔枠は5つまでだし、残り1枠だしねー」

と、そこでケットシー兄妹は大きく頷いた。

「おい！　ケアル！」

「にいちゃ、なんですかー？　なんなのですかー？」

「テメエは今から姉御について回って奉公するんだ」

「ほうこうですか？　ほうこうなのですかー？」

「ああ、姉御のお眼鏡《めがね》にかなったら、その時には晴れて——盃をもらえるんだ」

と、そこで興奮した様子のケアルちゃんはガッツポーズを作った。

「がんばるです！　ぼく、がんばるですよー！」

「ああ、その意気だ！　猫又の道は長く遠い——任侠坂《にんきょうざか》だからよ！」

いや、俺たちの戦いはここからだみたいな感じで言われても……っていうか、任侠坂って……

そもそも、勝手に話が進んでるし……

いや、ケアルちゃんなら大歓迎だけどさ。

そこで、クリフォードさんがこちらに向けて不思議そうに問いかけてきた。

「しかし、猫又にしては異常に大きいような……？」

「ああ兄ちゃん、俺たちゃ肉食だからよ」

「ふーむ……まあ、ともかくこちらのお嬢さんは運が良かったようだ。猫又のような上位種、しかもその強化個体と契約できるとは。はは、これはマルケス工房の一同も驚かれるでしょう。事実、私は今でも信じられません。ドラゴンゾンビを倒せるような戦力をこの年齢の子供が持っているとは……個人であればAランク冒険者のモンスターテイマー相当ですよ」

へー、猫又ってすごかったんだね。

ああ、でも実際問題として、滅茶苦茶強かったもんね、ケットシーさんたち。

「それじゃあ、ケアルのことは頼んます、姉御」

「うん、大事にさせてもらうからね」

と、まあそんなこんなで――ようやく、まともに可愛いもふもふと仲良くなることができたのだった。

13　義理の父、ボコボコにされる

さて、これにて一件落着。

帰ろうかとばかりに、私はケアルちゃんを抱きかかえる。

「ねえちゃーだっこー？」

「ケアルちゃーーん！」

あまりにも可愛かったので、高い高いしてあげて、その場で私はクルクルと回転する。

そうするとケアルちゃんが「キャハハ」と笑って、ケットシーさんたちも「うんうん」と笑顔で頷いていた。

で、ひとしきりクルクルと回ったあと、私はアイリーンさんとクリフォードさんが微妙な空気になっていることに気がついた。

なんて言うか……気まずい表情でお互いに目を合わせてないんだよね。

「どうかしたんですか？」

「ああ、クリス。私とクリフォードは昔に色々あってね」

「……色々？」

そこでクリフォードさんは「やれやれ」とばかりに悲しげに肩をすくめた。

「私とアイリーンは幼馴染《おさななじみ》でね。少し前まで婚約者だったんですよ」

「婚約者……だった？」

「ああ」とアイリーンさんは、やっぱり悲しげにまつ毛を伏せた。

「子供の時からの腐れ縁でね。小さい頃からお手てをつないでさ。将来は結婚しようねとか言ってて……そのままの流れで、なんとなくそういうことに……さ」

あー、そういうことって本当にあるんだねー。

大体の場合はすぐにそういうのは「なかったこと」になるんだけど、この2人の場合は続いちゃったんだね。

「でも、どうして婚約を破棄しちゃったんですか？」

あんまり聞かないほうが良いんだろうけど、2人から振ってきた話だし問題ないだろう。

アイリーンさんは何食わぬ顔で答える。

「私は……自分で言っちゃあなんだけど、そこそこ美人だろ？」

「あ、はい。それはそう思います」

「それでさ、エルフの里には掟《おきて》があるんだ」

「掟……ですか？」

「村一番の美人は、村一番の力自慢の男の嫁になるんだ。それで……去年の美人コンテストで強制的に優勝させられちまってね」

あっちゃあ……

なるほど、大体の事情がわかってきたよ。

と、そこでクリフォードさんはギリギリと唇を噛みしめてこう言ったんだ。

「そうして若い……独身の男たちの競争が始まったんです。一番強い魔物を倒した男がアイリーンを妻に娶《めと》ることができる……とね」

そうしてアイリーンは力なく笑って、天を見上げた。

「はは、笑っちゃうだろ？　景品だよ、景品。はは……私は……モノかっての……」

ホロリとアイリーンさんの目に涙があふれ、その頬を伝った。

「でも、クリフォードさんって、さっきの感じからするとかなり強かったですよね？」

「確かに、私は魔法剣士として腕を磨きましたし、努力もしました。しかし……」

「しかし？」

「職業適性がイマイチでしてね。せいぜい一流どまりです。私では……本物の超一流には勝てないし、アイリーンの争奪戦では実のところ敗れました」

「……本物？」

私がそう口にしたところで、周囲に強烈な獣の臭いが漂ってきた。

そして森の奥から現れた男を、アイリーンさんはキッと睨みつけた。

「ヨアヒム……っ！」

見ると、そこには原始人のような服装のムキムキマッチョが立っていた。

腰ミノに上半身は裸で、その上から獣の毛皮をかぶっている。

お風呂に入っていないのか、獣臭が酷いし、髪の毛もぼさぼさでフケも目立つ。

なんて言うか、野蛮人とかバーバリアンって言葉が似合う感じだね。

「森が騒がしいと思ったら、こんなところに俺の妻がいたのか、アイリーン！」

「私はまだアンタの妻じゃないよ。正確には1か月後からだ」

「ああ、おかげで毎晩毎晩、俺の息子もお預けくらって苦しいって悲鳴をあげててよ。どうせ結婚するのに、いまだに指一本触れさせてくれねーんだもんよ」

「風呂に入って髪くらいちゃんと切れって話だよ」

「そういうのが嫌だから、俺は里を離れて森の中で1人で暮らしてんだ。やれ、人を殴るなとかモノを盗むなとか風呂に入れとか……うっとうしいったらありゃしねえ」

「どうして私まで、変わり者のアンタに付き合ってそんな生活を……」

「まあ、景品をもらったんだから仕方ねえわな。ともかく、お前も森の洞穴に住む準備をとっとと始めるこったな。お前用の腰ミノも作って待ってんだからな」

うわァ……

これは、酷い。そりゃあアイリーンさんも泣いちゃうよ。

「しかし1か月後が楽しみだ。こんな上玉を四六時中……好きにできるなんてよ」

と、まあそんな感じで「ガッハッハッハ」と笑いながら、ヨアヒムさんはそのまま去っていった。

っていうか、こりゃ本当にキツいわ。

見た目とか以前に、女性をモノとしか見てない感じで、生理的に不快だわね。

そして――クリフォードさんがワナワナとその場で震えていることに私は気づいた。

唇を噛みしめて、なんか……血も出てるし。

まあ、惚れた女を守れない自分に怒りを感じてるってところなんだろうけど……

クリフォードさんが苦しげに言う。

「アイリーン。やはり……私は君を連れて駆け落ちを……」

「ダメだ。アンタは族長の息子だ。私にはアンタの人生を台無しにする権利なんてない」

「私はそれでも良いと以前から……」

「そう、前から言ってる通りに、アンタの人生を台無しにするくらいなら、私は舌を噛んで死ぬ覚悟だ。私が頑固なのは知ってるね？」

「……アイリーン。本当に頑固だね」

うん。

完全に2人の関係と状況は把握したよ。と、なると私が思うことはただ1つだ。つまりは――

――なんとかならないのかな。

と、そこで私は「あっ」と閃《ひらめ》いた。

「要は、強い魔物を倒せば良いんですよね？」

「それはそうですがクリスさん、ヨアヒムが討伐したのは初級ダンジョンのボスですよ？　難易度で言うとBランク冒険者相当です。それを奴は1人でクリアしたんです」

「ええと、それって1人でやらなくちゃいけないいんですか？」

「はい。1人で討伐しないと意味がありません。村一番の強者を決めるということですからね」

「でも、途中までは……もっと言うと、ダンジョンの核を守るボスの直前までは、みんなで行っても良いんじゃないでしょうか？」

「……ふむ？」

と、そこでケットシーさんたちに視線を向けると、「任せておけ」とばかりにドンと胸を叩いてくれた。

「あ……そうか……！」

そう口にしたクリフォードさんに、私はうんと頷いた。

「クリフォードさんの体力を温存したままダンジョンの走破はできると思います。最後のボスをどうするかまでは私にはどうとも言えませんが……」

「いや、でもクリスさん。それでも私には……無理でしょう」

「それはどうして？」

「私は風の剣士と呼ばれていて、速度特化タイプの戦闘スタイルです。迷宮のボスクラスとなると、単独では……攻撃力が……」

そこまで言ってクリフォードさんは首を左右に振り、更に続けた。

「……いえ、違いますね。無理なものを無理だと決めつけるのは良くない。やるだけやってみましょうか」

そうしてクリフォードさんはメラメラと燃えた感じになったんだけどさ。

私はちょっと「やっちゃったかな」って思ってしまったんだ。

と、いうのも無理なもんはやっぱり無理ってのは8割本当なんだよね。でも、気合でなんとかなるってのも2割くらいはあると思うけどさ。

だから、私は気休めかもしれないけど、クリフォードさんにこう言ったんだ。

「私も薬屋さんのはしくれです。ポーションを作るというのは、とどのつまりは薬液への魔法付与なんですよね。私に……クリフォードさんの剣に祝福をさせてください」

まあ、本当に気休め程度なんだけどさ。

親方のマルケスさんでも、包丁の切れ味がちょっと良くなるとかそんな感じだし。

駆け出しの私だったら、そんなのタカが知れすぎてるよ。

そもそも、私たちは薬師が本職じゃないもんね。

帝都のほうで店を開いているような一流の本職なら、1週間程度の期間限定だけど、切れ味2倍マシとかにはできるらしいけどさ。

「ありがとうクリスさん。見習いの君では切れ味に効果はないでしょうけど、その応援の気持ちは私の勇気を奮い立たせてくれます。うん……百人力ですよ。ありがたく祝福を受け取りましょう」

と、クリフォードさんはウインクして、そう言ってくれたんだ。

うん、この人もやっぱ良い人っぽいね。

——頑張って、クリフォードさん！

その気持ちと共に、私は全力全開で切れ味バツグンになるように剣に魔法付与の真似事を仕掛けてみたのだった。

☆★☆★☆★

薄暗い迷宮内。

剣を構えたクリフォードさんが狼狽《ろうばい》しながらこう叫んだ。

「気をつけてください！　ハイオークです！　それも30体もっ！」

そうしてクリフォードさんは、私たちを守るように前に立って剣を構えたんだけど——

「姉御！　あっしらが露払《つゆはら》いを！」

「カチコミは任せてくだせえ！」

「女だからって舐めるんじゃないよ！」

「ハイオークがなんぼのもんじゃい！　いてもうたらんかい！」

何故かケットシーさんの1人が関西弁化してる。

っていうか、更に荒くれ者の感じが強くなってきたね……

と、まあそんな感じでケットシーさんたちが飛び出した。

「ぎゃあああああ！」

「うぎっ！」

「うわらばっ！」

で、ハイオークの軍団がものすごい勢いで殴る蹴るの暴行を受けているわけだ。

ケットシーさんが殴れば、ハイオークが飛ぶ。

ケットシーさんが蹴れば、やっぱりハイオークが飛んでいく。

うん、手足を振れば、さながら竜巻《たつまき》みたいな感じで飛んでいくから、見ていて気持ちが良いね。

で、私の胸元で抱きしめられているケアルちゃんはというと——

「はわわー！　にいちゃたちかっこいいですー！　がんばれー！」

何かやたらと興奮してる様子だ。

けど、君だけは……君だけは、ああはならないで！

せめて、せめて……同じ世紀末を舞台にした例のマンガでも、南〇水鳥拳を使うイケメンキャラみたいな感じで……

あの人なら綺麗だし美形だしカッコ良いし……女受けも良いし。

いや、ダメだ。

――やっぱりムキムキマッチョだ。

いや、あのマンガに出てくる連中からすると十分に細マッチョなんだけどね。でも、一般的に言うと滅茶苦茶マッチョなのは間違いない。

と、マンガの話は置いといて、とにかくやっぱりケットシーさんは強かった。

「「「そおおおおい！」」」

ノリノリでハイオークたちをものすごい勢いでやっつけていく。

そうして、ひとしきりやっつけたあと、ケットシーさんたちは私の眼前に集合して片膝をついたんだ。

「姉御！　連中は根絶《ねだ》やしにしやした」

「しかし、地上最弱だった私たちがハイオークを倒せるようになるなんて……」

「それもこれも全部、あんじょうよろしくさせてもらってるのは、全部……姉さんのおかげやで」

「ありがとうございやす！　姉御！」

うーん。

やっぱり、1人関西弁化してるね。

ヤクザって言ったら関西が本場だから、その辺も関係あるのかな。

最初の子の根絶やし発言にもビックリしたけど、むしろ私は関西弁のこの子が気になってきたよ。

「しかしクリス。アンタの従魔……一体全体どうなってんのよ？」

「はは……私にもわかりません」

まあ、アイリーンさんもついてきてるんだけど、これはまあ……この人は言い出したら聞かないからね。

姉御肌で曲がったことが嫌いな江戸っ子気質の頑固姉さんだからね……

このあたりはマルケス親方と通じるものがあると思う。

「行きましょうアイリーン、そしてクリスさん」

「ここを下りれば最終階層なんですよね？」

「ええ、その通りです」

そうして私たちは洞窟の突き当たりの階段を下り始めたのだった。


ってことで、さあ、たどり着きましたよ最終階層！

ここは大きな地下空間になっていて、東京ドームのグラウンドくらいって言ったら大きさも通じるかな？

で……はたして、そこには巨大な蛇《へび》がいたんだ。

「な、なんですかアレは……デカい！　大きい！」

長さは20メートルくらいかな、で、太さは直径2メートルくらい。

とにかく大きくて、人間どころかケットシーさんでも丸呑みにされちゃいそうな、そんな巨大な蛇だったんだ。

「あれは……ジャイアントサーペントですよ、クリスさん」

だが、ジャイアントサーペントはトグロを巻いたまま動かない。

睡眠中ってことらしくて、今のところはこちらに気づいていないみたいだ。

と、その時――

向こう側からガチャガチャと甲冑《かっちゅう》が擦れる音が聞こえてきた。

見ると、そこには100人くらいの武装した兵士がいて、どうやら私たちとは別の入り口からやってきた人たちらしい。

その集団の中央で偉そうに胸を張っている男を見て、私は目を疑った。

「お義父《とう》さん？」

「ほう、クリスティーナか……」

一瞥《いちべつ》をくれると、お義父さんはフンッと私を鼻で笑ってこう言った。

「エルフのような下賤《げせん》の輩《やから》に助けられたと見える」

「下賤の輩？」

「耳長《みみなが》の亜人《あじん》といえば、プライドだけが高い森の未開人のことを指す。我ら人間とは根本からして違う種族だ」

と、そこでアイリーンさんがお義父さんと私を交互に見やって耳打ちしてきた。

「お義父さんってアンタ……アレは人間の辺境公だよ？」

「義理のですけどね。まあ、捨てられたんです」

その言葉ですべてを察したようにアイリーンさんはこう言った。

「他言無用ってことだろうね。クリフォードもわかってるね？」

「ええ、余計なことを言う口は私は持っていません」

いや、この人たち本当に良い人たちじゃーん。

と、それはさておき――

「何故、お義父さんがこんなところにいるのでしょうか？」

「お前らこそなんだ？　猫又などを連れよってからに……はっはーん、わかったぞ。我々の獲物を横取りしようというのだな？　この下劣な輩め」

「横取り……？」

「最近、エルフの住まう魔の森から瘴気《しょうき》があふれてきておってな。大規模な魔物の大氾濫《スタンピード》の予兆だと民衆が怯えておるのだ」

「……それで？」

「知っての通り、我が家は聖者や聖女の家系でな。森に近き辺境の地であるが故、古来、瘴気を払う――つまりは事前に大氾濫《スタンピード》を治める者としてこの地を統治してきたのだ」

「それは知っていますが、今回の件となんの関係が？」

「さっきも言ったであろう、この一帯から瘴気が噴き出し、民どもが怯えているのだよ」

「それならばこの辺りの瘴気だけを浄化すれば良いではありませんか。ダンジョンと瘴気に関係がないことは４００年前から学会での常識でございますわ」

「ダメだ」とお義父さんは首を左右に振りながら、言葉を続けた。

「民の忠誠心も上げねばならんしな。どうせ瘴気を払うならば、わかりやすい戦利品も必要だろうに？　民衆は馬鹿だからな、瘴気を払ったという地味な事実だけでは納得せんのだ。魔物を打倒して何かを勝ち取った、そういう演出が必要なのだよ」

「しかし、私たちもあの魔物を討伐しなければならないのです」

「そんなことは知らんし、お前も連れ帰る」

「私を連れ帰る？」

「しかし、まさか耳長のような半端者どもに保護されていようとは……このままお前がまかり間違って帝都に舞い戻り、その口で皇帝に何かを吹き込まれても困るのでね」

「そんな……言ってることが滅茶苦茶ですわ」

「処遇としては、連れ帰り幽閉《ゆうへい》というところかな。さすがに直接手を下すわけにもいかんしな」

そうして、ゾっとするような表情で――吐き捨てるように私に言葉を浴びせかけてきた。

「……しかし、聖女としての適性もない無能が、よくぞ私の手をここまで煩《わずら》わせたものだ」

その言葉を受けて、私は地面に視線を落として、俯いてしまった。

悔しい。

本当に悔しい。

結局、森に捨てられた時と同じだ。

何も言い返せないし、仕返しなんてできやしない。

この身の力のなさが……無力が悔しい。

と、その時――


「どおおおりゃあああああ！」


いった！

いったよ！

ケットシーさんがいったよ！

握り拳《こぶし》を握りしめ、ケットシーさんがいったあああああああ！

全力で、全開で、全速力で！

お義父さんに向けて走っていって、そして右ストレートおおおおおっ！

14　義理の父、ボコボコにされた

「やかましいわっ！　姉御を舐めるヤツには容赦しねえっ！」

「ぷべら！」

で、お義父さんは顔面に右ストレートをくらって、綺麗に後ろに吹き飛んで、そしてこれまた綺麗に壁に大の字になってメリ込んだ。

鼻血もドバドバ出てるし、あー、こりゃ鼻骨折れちゃってるかもだね。

「姉御！　あっしらの任務はクリフォードの兄ちゃんをダンジョンのボスと単独で戦わせることでやすね？」

「うん、そうだね」

「ってことは、この人間は――殺《や》っちゃって良いんですやね？」

「あ、うん……殺しちゃダメだけどね」

でも、さすがは現役の聖者だね。

ケットシーさんの一撃を受けても、まだ生きてるみたい。

「あ……あ……え……？」

そうして、お義父さんは自分の血を手で触って確認して、信じられないとばかりに放心状態となったのだった。

☆★☆★☆★

「旦那様に手を出すなんて、うぎゃあああ！」

「も、も、もふもふが！　やたらマッチョなもふもふたちがっ！　ぐわあああああ！」

「うぎいいい！」

と、まあそんな感じで。

ケットシーさんたちは更に大暴れしちゃってんだよねー。

さっきのハイオークたちの時と同じで、ものすごい勢いで人間が飛んでいく感じ。

で、ケットシーさんたちもエラいもので、私の「殺しちゃダメだけどね」の指示はちゃんと守ってくれてるみたい。

お父さん率いる兵士軍団とケットシーさんたちが、今、まさに雌雄《しゆう》を……

「ぷべらっ！」

あ、人間が飛んできた。

で、私は戦況を確認して……絶句した。

どうやら、ケットシーさんたちに抵抗を試みていた人間は、さっき飛んできた人で最後みたいだね。

と、いうのも……お義父さんを筆頭に、兵士たちがケットシーさんたちに土下座してるんだよねー。

「ゆ、ゆ、許して！　降参、降参するから！」

半泣きになりながら、お義父さんは何度も何度も地面にヘッドバットの勢いで頭を下げている。

で、その前で仁王立ちを決めるのは、我らがケットシーさんだ。

——いやー……強烈だね、この光景。

なんて言うか、借金を返さない冴えない中年に、ヤクザ屋さんが追い込みかけてる感じを連想しちゃうよ。

で、ケアルちゃんはお兄ちゃんたちの後ろで、「にいちゃかっこいいですー♪」と、興味津々に一部始終を眺めている。

いや、ケアルちゃん……お願いだからその人たちに憧れるのは……やめてほしい。

「おい、テメエっ！」

「な、な、なんでしょうか!?」

「俺のこと、いや、俺たちのことは悪く言っても良い。だがな？」

そうしてケットシーさんは近くにあった大岩を殴りつけ、爆裂四散させる。

ドゴシャンという爆音と共に岩の欠片《かけら》が飛び散ったワケだけど……これって相手をビビらせるためにワザとやってるんだよね？

いやはや、完全に発想がヤクザとかチンピラだよ。

この人たちがケアルちゃんと同じ生物だったとは到底思えない。

で、脅しの効果のほどはと言えば、「ヒイっ！」っとお義父さんが震え上がってるので、バッグンのようだ。

「ウチの姉御の悪口言ったら……あとは命のやりとりしか残ってねえだろうがっ！」

いやいやいやいや。

なんでいきなり命のやりとりになっちゃうのかな……

「ヒイっ！」

まあ、お義父さんには効果テキメンなんだけどさ。

「冗談じゃ済まねえぞ、この野郎っ！」

「ひいいいいっ！」

うわっちゃあ……

お義父さんを筆頭に、兵士さんたちも頭を地面にこすりつけながらブルブル震えちゃってるよ。

と、その時……ケットシーさんはとんでもないことを言い出したんだ。

「おい、ケアル！」

「にいちゃーなんですかー？」

「ドス持ってこい！　こいつの指で、ケジメを取らせるっ！」

ええええー！！！！

私はその場で青ざめ、思わず叫び出しそうになった。何故なら――

・ヤクザ
・ケジメ
・指
・ドス

この4点のバイオレンスなワードから連想される儀式と言えば、アレしかないからだ。

「おい、ケアル！　さっさとドス持ってこい！」

と、そこで私は恐る恐る……という感じでケットシーさんに呼びかけてみた。

「あの、ケットシーさん」

いや、言うだけ無駄な感もかなりあるんだけどね。

何かスイッチ入ってる感じでケットシーさんたち盛り上がっているし……

でも、私としても大惨事は避けたいわけだ。なので、無理を承知でケットシーさんにお願いしてみた。

「なんでしょうか姉御っ⁉」

「あの……指を詰めるのはちょっと……やめてあげてください」

「はい！　やめます！」

マッハの速度だった。

っていうか、なんなのこの子たち。めっちゃ私への忠誠心すごいんだけど……

と、まあ、結局、私の鶴の一声で、お義父さんの指が飛ばされることはなくなったわけだね。

「しかし姉御……ケジメは大事でやすぜ？」

確かに、お義父さんをこのまま無罪放免ってのもちょっと違う感じがするよね。

置き去りで殺人未遂なうえに、さっきまで幽閉とか軟禁とかしようとしていたわけだし。

うーん……

うーん……えーっと……どうしようかな。

でも、できるだけ平和裏《へいわり》にコトを進めてほしいのは間違いないよね。

と、そこで私はポンと手のひらを叩いた。

「じゃあ、お尻をぺんぺんくらいでお願いします」

その言葉を受けて、ケットシーさんはニヤリとサディスティックな笑みを浮かべた。

「わかりやした。つまりは……ケツの百叩きってことでやすね？」

ん？

ケツの百叩き？

お尻ぺんぺんっていう可愛らしい言葉とは違って……な、な、なんだか……急に、バイオレンスなニュアンスが色濃くなってきたような気がするよ？

「ともかく、じゃあ、殺さない程度でやりやすので」

殺さない程度のお尻ぺんぺんってどういうことなのかな？

ん？　待てよ？

普通に考えて、３メートルを超えるムキムキマッチョの巨人のお尻ぺんぺんって……どういうことなんだろうか。

と、私が嫌な予感に恐れおののいていると――

「ぎゃあああああああああ！」

あっちゃあ……

案の定だよ。案の定なことが起こったよ。

ケットシーさんが右手を振り上げ、そして振り下ろすと、ビュオンという風切り音と共にお義父さんのお尻にビンタが炸裂するんだ。

パシーンとか、バシーンとかじゃなくて、なんて言うかこう……

ドカーンとか、ズゴーンとか、爆発的な感じの音が……響き渡ってるんだよね。

「ぎゃあああああああああああ！　お、お前ら！　助けろ！　助けろ！　お、お、俺は領主だぞ！」

苦悶《くもん》の表情でお義父さんは叫ぶけど、その声は洞窟内に空《むな》しく響くだけだ。

と、いうのも、ブンブンとものすごい勢いで兵士さんたちは首を左右に振ってるんだよね。

「助けろ！　く、く、クビにするぞ！　クビになっても良いのか！」

そんな高圧的なお義父さんの態度に、ついに兵士さんたちが――キレた。

「やってられるか！　こんな連中の相手ができるか馬鹿野郎！」

そしてその言葉を受けて、お義父さんも――キレた。

「お、お前ら！　命令違反――領主への反逆罪で牢屋に入れられたいのかっ！」

「俺たちゃ精鋭の魔物専門の兵隊だ。知っての通り、命知らずの家族もいない身でな！　アンタに恨みはねえが死にたくねえ！」

「き、貴様らあああ、俺に逆らってこの領で生きていけるとでも思っているのかっ！」

「はは、俺たちゃ今からこの領を捨てて、1週間後には帝国にでも逃げ込んでますわ」

「う、う、裏切りものおおおおおお！」

と、まあそんなで——

☆★☆★☆★

「ぎゃあああああああああああ！」

私はガクガクブルブル状態で、悪夢のお尻ぺんぺん１００回を呆然と見つめていたのだった。

いや、本当に酷い光景だったから私は思わず目を覆っちゃったんだけどさ。

そこに、急に誰かが声をかけてきた。

「あの……終わりました」

え？　ようやく百叩きが終わったの？

と、私は覆った手を外したんだけど、そこには、はたして……クリフォードさんが返り血を浴びて立っていたのだ。

「え!?　終わったって何がですか？」

「ジャイアントサーペントですよ。どうにかこうにか倒すことができました」

あ、そういえば元々はクリフォードさんとアイリーンさんの結婚の掟の話だったよね。

一番強い魔物を倒した人が、村で一番綺麗なお嫁さんをもらえるとか、女性の人権を完全に無視したＴＨＥ・異世界ファンタジーみたいなそういうノリの風習だったんだよ。

「それは良かったですね！」

と、私が微笑むと、クリフォードさんはニコリと笑ってこう言った。

「しかし、どうにもおかしいんですよ」

「おかしい？」

「剣の切れ味が１・５倍くらいマシになっているような気がするんです」

そうして、クリフォードさんは私にこう尋ねてきた。

「クリスさんに祝福されたこの剣ですが……湖畔の大魔導士様に見せてもよろしいでしょうか？」

「え？　湖畔の大魔導士様ですか？」

「ひょっとすると……ひょっとするかもしれませんので」

いや、誰よそれと思ったところで、アイリーンさんは怪訝《けげん》そうに眉をひそめた。

「クリフォード、大魔導士……精霊使い様にお伺いなんて……尋常じゃないね。あんた……まさかこの子がギフト持ちだって言うのかい？」

「あの、アイリーンさん？　ギフトというのは？」

私が尋ねると、アイリーンさんに代わってクリフォードさんが答える。

「稀に生まれてくる天才中の天才のことですよ、クリスさん。付与術士《エンチャンター》のギフト持ちであれば、なんの修練も積まずに……切れ味１・５倍は達成できます」

「でも、100万人に1人とかの天才だよ？　まさかクリスが……」

アイリーンさんはそう言ってから「はっ！」と息を呑んだ。

「クリス、あんたの作ったポーションって……全部ドドメ色だったよね？」

「あ、はい。そうでした」

「付与系のギフト持ちは他の分野で……普通ではありえないことが起きるって聞いたことがある。

いや、でもまさか……」

そうして2人は「あーでもないこーでもない」とか言いながら、とりあえずは私が祝福した剣を「精霊使いの大魔導士様」に引き渡すことに決めたようだ。

アイリーンさんが改まったように言う。

「ともかくクリス！　あんたの従魔のおかげでクリフォードがエルフの里の最強の若者になったよ」

「ってことは？」

すると、2人は照れくさそうに頬を赤らめて、クリフォードさんは心底嬉しそうにこう言ったんだ。

「ええ、これでアイリーンは……私の妻です。誰がなんと言おうと絶対に誰にも渡しません」

そのままクリフォードさんはアイリーンさんをギュッと抱きしめて、アイリーンさんも涙ながらに何度も何度も頷いて――

ケアルちゃんも「よかったですー♪」って言ってるし、ケットシーさんたちまでもが「兄ちゃん、困ったことがあれば俺たちを頼れよな。お前はエルフにしては見所がある」とか言っている。

いや、見所があるって言うけど、ケットシーさんたちはクリフォードさんの何を知っているのだろう？

そりゃあ絶対に良い人だとは思うけど、なんだかんだでさっき会ったばっかかの人なんだしさ。

ま、あんまりそこにツッコミを入れるのは無粋《ぶすい》かな。

なので、私も全力全開の笑みと共にこう言ったんだ。

「本当に良かったですね！」

と、そんなこんなで——

私ともふもふたちは素直に2人を祝福したのだった。

15　クリスの付与能力の秘密

あれから2週間が経って——
さて、今日は結婚式だ。

アイリーンさんがせっかちな性格なので、エルフの里の長老たちは大変だったらしい。

クリフォードさんも全力で「もうちょっとゆっくりで良いのでは？」と、止めたみたいなんだけど、そこは江戸っ子チャキチャキのお姉ちゃんだ。

ウチの工房のマルケス親方も江戸っ子気質の頑固親父なので、2人は仲が良い……と、それはさておき。

ともかく、アイリーンさんは本当に嬉しかったみたい。

いや、まあ、そりゃあそうだよね。

村で一番強い男が一番美しい妻を娶るとか意味わかんないし、アイリーンさんじゃないけれど、女は景品かっていう話だし。

それで2人は昔から好き合っていたんだけど、互いに奥手なもんだから10年以上も微妙な距離感で……で、今回の件で色々あってアイリーンさんがついに爆発しちゃったと。

で、基本は江戸っ子だから、思い立ったら早い。

善は急げってなもんで、2週間後には結婚式となったのだ。

それで、今日は里の中央——結婚式会場の世界樹広場は飲めや歌えやの大騒ぎで大変なことになっていた。

エルフの結婚式は無礼講で、最初に愛の誓いの祈りを森の神様に捧げたあとは、なんでもアリとのことだ。

気の早い人は祈りの前からちょびちょびお酒を飲んだりするくらいの、ゆるーい感じ。

アイリーンさんの勧めるマルケス工房のみんなも当然結婚式に参列してるんだけど、全員がベロベロに酔っぱらっちゃって――

「クリス！　こっちに来い！」

「わー！　頭！　頭撫でないでください！」

「クリスが嫌がってるじゃねえか！　こっちによこせ！」

「わー！　マルケスさん！　抱きつかないでー！　お酒！　お酒臭いっ！」

と、そんなこんなで、ただ1人の幼女として、工房のマスコット的存在である私は……酔っ払いのオモチャにされちゃってたんだよね。

気の荒い人たちが多いから、雑に荒々しく抱きつかれたり撫でられたり……とほほん。

嫌らしい感じは一切なく、孫や娘を愛でる的な、明らかな優しさを感じるから別に嫌じゃないんだけどね。

と、それはともかく、本日の結婚式には特別ゲストがいるわけだ。

クリフォードさんとアイリーンさんをくっつけた最大の功労者ということで、それはもちろん――

「姉御！　エルフの酒は美味いですな！」

「姉さん！　ウチのケアルにこの場で盃を！」

「せやけど、やっぱりクリフォードはなかなかの男やな。エルフにしておくには惜しい男やでしかし」

「アタイもいつかは獣王でも捕まえて、裏の女帝と言われたいもんだね！」

いや、だからなんで関西弁が1人交じってるんだろう。

あと、裏の女帝って……っていうか、女のケットシーさんと男のケットシーさんって見分けがつかないんだよねー。

みんなマッチョだし。

ちなみに今日のケットシーさんたちは黒スーツ姿だ。

身長3メートルのムキムキマッチョの獣人で、オマケにサングラス……そしてハット帽。

うん、これで短機関銃《サブマシンガン》でも持っていれば、そういうマフィアなノリの映画に出てきても違和感ないね。

☆　★　☆　★　☆　★

と、そんなこんなで、みんなでワイワイやってたんだけど、その時……とんがり帽子に黒のローブといった出で立ちの少女がこちらにやってきた。

腰まで伸びた黒髪の少女で、見た目は10代半ばよりやや若いといったところ。

日本でいえば中学1年生か2年生くらいかな。

で、何故か、彼女はベージュ色の布に包まれた細長い荷物を持っている。そんな少女がぽつりと話しかけてくる。

「マルケス工房の面々とお見受けしますが」

「お？　なんだなんだ？　確かに俺はマルケスだが……」

と、マルケスさんが応じると、少女はベージュ色の布を解いて、中から5振りくらいの鞘《さや》に収まった剣が現れたんだよ。

で、少女はそのうちの1本を取り出した。

あ、あれは……私が祝福したクリフォードさんの長剣だね。

「クリスさんという方はどちらに？」

「あ、はい。私ですけど？」

すると少女は私のほうに向き直り、背後のケットシーさんたちを見てギョッとした表情になった。

「ふむ……そちらの魔獣は一体？」

「えーっと、猫又っていう種族みたいです」

しばし何かを考えて、少女は首を左右に振った。

「本当に……これが猫又……？」

「なんだい姉ちゃん？　オイラたちにケチつけようってのかい？」

「おいおい姉ちゃん……ワイらをレッサー猫又だなんていう、下位種族扱いしようってことなんかいな？」

「ああ、アタイたちはケットシーのエリート中のエリートさ！　猫又であることにケチつけるってことは、ウチらにケンカを売るってことと同義さ！」

レッサー猫又……

ものすごい語呂が悪いけど、そんな種族もいるんだね……

「この関西弁……伝承と一致……いや、さすがに伝説の魔獣である神猫《バステト》というのは話が飛躍しすぎでしょうか」

と、何やら独り言を呟いた彼女は、ケットシーさんたちにペコリと頭を下げた。

「失礼しました猫又さん。申し遅れましたが私の名はアルマ。森の湖畔に住む精霊使いです」

その言葉でマルケス工房の一同と、そしてケットシーさんたちまでもが「あっ！」と息を呑んだ。

「ど、ど、どうしたんですか!?」

「クリス！　とりあえず頭を下げろ！　４００年を生きる森の大魔導士様と言えばこの方のことだっ！」

な、なんだかよくわからないけど偉い人なのかな。

で、私はマルケスさんに言われた通りペコリと頭を下げて……あ、ケットシーさんたちは頭を下げずに普通にお酒飲んでるね。一瞬だけ「あっ！」っていう表情になってたけどさ。

「堅苦しいことはお互いに抜きにしましょう。世俗のそういうことが嫌なので私は1人で隠遁《いんとん》しているわけですし」

そして、お酒を飲んでいるケットシーさんたちを見て、アルマさんはクスクスと笑い始めた。

「あの方たちのように振る舞ってください。森の中では私は神仙《しんせん》の精霊師アルマではなく、ただの精霊使いのアルマなのですから。それが昔からのエルフ族との盟約です」

「しかし、大魔導士様……かつて魔神《まじん》を封じた英雄一行の貴女を……」

「ですから、そういう堅苦しいことはやめましょう」

「……はい」

す、すごい。

江戸っ子チャキチャキお爺ちゃんのマルケス親方が……敬語だ。

これはいよいよ本当に偉い人らしい。

で、アルマさんは私に剣を見せてきて、ニコリと笑ってこう言った。

「それで、この剣に祝福をかけたのは——貴女で間違いありませんね？」

「はい」

ゆっくりと頷くと、アルマさんはさっき布を解いた残り4本の剣を、お酒や料理が置かれているテーブルに並べて、こう言ったのだ。

「少し、試させてください」

「試す？」

「ポーションを作る要領で結構です。硬い硬い……そうですね堅牢な城でも良いし、龍をも貫く神《しん》剣《けん》でも良い。とにかく強い剣をイメージして、この剣に魔法付与をお願いします」

「……え？」

と、困惑する私に向けてアルマさんはニコリと笑ったのだった。

私は戸惑い気味に尋ねる。

「剣に魔法付与……ですか？」

「ええ。お願いしますね」

涼しげな顔のアルマさんだけど、本当にどういうことだろう？

私が疑問に思っているとマルケスさんは大きく頷いた。

「ともかく、大魔導士様が言っているんだ。早くやったほうが良いぞ」

「は、はい……」

どうにも釈然としない気持ちのまま、私は差し出された抜き身の剣を取って念を込めてみた。

えーっと、イメージ的には……

アルマさんが言ってたように堅牢な城……そう、硬い硬い堅牢な城だね。

あと、ドラゴンもやっつけちゃうような切れ味……そうだね、シュパパってドラゴンさんでステーキが作れちゃうようなやつだね。

「ふんっ！」

と、私は気合と共に剣に魔力を流してみた。すると、剣が——

——パキンと折れた。

「こりゃあどういうことだっ⁉」

マルケスさんが驚いた様子で尋ねると、アルマさんは涼しい表情のままこう言ったんだ。

「やはり、安物の剣ではダメですね。こちらでお試しくださいな」

「……これは？」

「魔法と親和性が高いミスリル製の剣です」

「ミスリル⁉　そんな高価なシロモノをっ⁉」

やっぱりマルケスさんは驚いた様子で、私は何が何やら……と、そんな感じだ。

っていうか、さっきの剣って私が折っちゃったんだよね？

べ、べ、弁償とかになるのかな？　まだ私ってば工房の初任給のお給料もらってないんだけどな？

っていうか、そもそもお給料で足りるのかな？

と、私が恐れおののいていると、アルマさんは優しく笑ってこう言った。

「剣を壊したことについては気にしないでください。私がやれと言ったのですから」

良かったー。

いやはや、本当にドキドキしちゃったよ。

ともかくそういうことならガンガンいこうかな。なんで剣が壊れたのかは謎だけど。

いや、まあ、さすがの私もちょっとだけ……おかしいな？　これって試されてるのかな？　とか気づいちゃいるけどね。

と、私はミスリル製の剣にさっきと同じように気合を入れて魔法を付与してみた。


「ふんっ！」


すると、やっぱり剣が2色に光り輝いたんだ。

でも、今回は剣は壊れなかった。

「く、く、クリス！　お前……2色って……同時付与か⁉」

「同時付与？」

と、そこでアルマさんは首を左右に振った。

「いえ、問題はそこではありません」

「と、おっしゃいますと？　どういうことなのですか大魔導士様⁉」

マルケスさんの問いに、アルマさんは押し黙った。

そして、大きく大きく息を吸い込んで彼女はこう言ったんだ。

「ふんっていう掛け声……なんとかなりませんか？」

えー!?

そこ!?　問題ってそこだったの!?

「と、冗談はさておき……」

そう言うと、アルマさんは自分で言ってツボに入ったのかクスクス笑い始めてしまった。

「クスクス……クスクス……『ふんっ！』って……魔法付与で『ふんっ！』って……クスクス……ふ……ふふ……うふふ……」

いや、なんか異常にツボに入っちゃってるみたいだね。

お腹を抱えてその場でうずくまってしまったよ。

「そ、それに……顔……クスクス……気合入れてる顔……白目剥いて……………『ふんっ！』って……ふふ……うふふ……あはっ……ははははっ！」

な、なんか涙目になって痙攣《けいれん》しちゃってるよ!?

笑い上戸《じょうご》な人みたいだね。

いや、でも……薬に魔力入れてる時の私の顔は「ほぼイキかけている」っていうのは工房のみんなの談で、初見の人の爆笑率は7割ってところだもんね。

そう考えると、これは正常な反応なのかもしれない。

「と、ともかくですねクリスさん？」

ようやく笑いから復帰したアルマさんは小さく頷いた。

「今のミスリルの剣に更にもう1つ、何か魔法を付与してみてくださいな。今度は……そうですね、サラマンダーの炎を纏《まと》わせる感じで」

「大魔導士様！　初心者が同時付与するだけでも滅茶苦茶なことなのに、3つ付与ですか!?　しかも魔法剣みたいな高等な……っ！」

マルケスさんが驚いている。

や、や、やっぱり……

何かよくわからないけど、実は私ってば魔法付与の天才かなんかみたいだね。

アイリーンさんやクリフォードさんもギフトがどうのこうの言ってたし、薄々とはそうじゃないかなーとか思ってたけどさ。

まあ、乗りかかった船だ。こうなりゃとことんまでやってみよう！

そうして、私は言われた通りに剣に炎を纏わせる感じをイメージしてみた。

「とりゃっ！」

私の気合の咆哮にアルマさんの口元が「ニョヒっ」とばかりに吊り上がったけど、すぐに彼女は真顔になった。

すると、マルケスさんが――

「とんでもねえぞこりゃ！」

と叫んだ。

私の握っている剣に火柱が走り、青い炎に薄く包まれたのだ。

そして、アルマさんがパチリと指を鳴らすと炎が消えた。それから彼女は小さく頷いて、私に剣を返すように促してきた。

「わかりました。時にマルケス親方？　この子は武器への魔法付与は初心者ということなのですね？」

「は、はい、そりゃあもう」

「と、なると……やはり間違いないですね」

「間違いないとおっしゃいますと？」

「この子は魔法付与のギフト持ち――天才です。それも数十年……いや、数百年に1人のね」

その言葉を聞いて、私とマルケスさんは大口をあんぐりと開いて、それはもう驚いたのだった。

「クリス……貴女は武器の神に祝福されています。いや、世界で一番愛されていると言っても過言ではありません」

「武器の……神？」

「ひょっとして、前世で武器の神に愛されるようなとんでもない功績でも残したのかもしれませんね」

前世？

武器……か。

確かに地球でのウチのお爺ちゃんは、珍しい職業……刀鍛冶《かたなかじ》だったけどさ。

いやいや、でも、どっちかっていうと、そっち方面では悪いことしか……

あー、でもアレかな。

大学の時にお爺ちゃんは亡くなっちゃったけど、ひょっとしたら守護霊みたいな感じで私を守ってくれてるのかな？

クリスティーナ（10歳）

レベル	782
HP	76350/76350
MP	67890/67890
魔力	2670
筋力	2560

スキル

武芸　レベル3
化学　レベル82
農業　レベル5

未顕現スキル

???　レベル???
???　レベル???

称号

武器の神に嫌われし者 NEW
冥府の門《アンデッド★ファクトリー》 NEW
生命を弄びし咎人《ネクロマンサー》
切望されし力の根源者《デビルリソース》
異形の呪術師
地形破壊者
神猫の首領《ドン》
転生者
万夫不当
神に背きし者
万魔狩り
核熱の破壊者

従魔

ケアル（かわいい） NEW
玄武の幼体（未契約だが一方的に懐かれている。最終進化済み）
神猫《バステト》（最終進化済み）

称号「武器の神に嫌われし者」
効果：付与術倍率が0.1倍になってしまう。クリスティーナの前世、刀鍛冶の祖父が神社に奉納する予定だった神刀に、クリスのペットの犬がオシッコをかけたことが原因。ちなみにそのまま奉納された。

16 ステータス自覚度（NEW）

とか、そんなことを思っちゃったりしてると、アルマさんは小さく頷いたんだ。

「クリスさん？　この件は私に預けてもらえないでしょうか？」

「預ける？」

「ええ、貴女の才能は素晴らしいものです。しかし……それは10歳の少女が背負うにはあまりにも重いものなのです」

ん？　一体全体どういうことなのかな？

そんなことを思ってマルケス親方を見ると……

……あれ？

あれれ？　あれれのれ？

何かすごい……神妙な表情になっちゃってるよ？

マルケスさんは、私に哀れみと優しさが混じったような表情を向けてきたんだ。

そうしてマルケスさんは、静かにアルマさんに尋ねる。

「大魔導士様……大国や貴族にこの子が狙われてしまうということですね？」

「ええ、この子がこのまま成長すれば、間違いなく付与術士《エンチャンター》として私を超えるでしょう。数百年に1人の天才付与術士《エンチャンター》……これほど戦争の道具として使える人材もそうはいないのですから」

「かつて、大国に利用されていた貴女のようにですか？」

「私の場合は、私が大国を利用していましたがね。それに私の本業は神仙……いや、闘仙《とうせん》の精霊術です。いざとなれば……囲われたとしても自身の力で逃げる程度のことはできます。今、私がここにいることこそがその証左ですね」

「しかし、この娘……クリスは……」

「ええ、自身を守る力がない」

「だからこそ――」

と、アルマさんは優しく微笑んだんだ。

「ここは私に預からせてください。悪いようにはしませんので」

☆　★　☆　★　☆　★

その日の夜――
私は工房の屋根の上に上《のぼ》って、1人で星を眺めていた。

――私に預けてもらえないでしょうか。

アルマさんはそう言っていたけれど、一体全体どういうことだろう？
何か……色々なことが急に起きて、頭が上手く回らない。
付与術の天才とか言われて、大国から狙われるとか怖いこと言われて……

――これから私はどうなっちゃうのかな？

そうして私はステータスプレートを取り出して、大きくため息をついた。
ひょっとして、私が付与術の天才って……これと……何か関係あるのかな？

クリスティーナ（10歳）

レベル	??ィ？一縲
HP	縲？閾ェ霄ォ縺ョ蜉帙？
MP	縲？繧ッ繝ェ繧ケ繝？
魔力	縲？繝ャ繝吶
筋力	縲??ィ？一縲？

そうなんだよ。

お父さんにステータスプレートをもらった時、私のは文字化けしてて……まったく読めなかったんだ。

今まで、色々と変なことがあったけど……多分、これと無関係ってことはないよね？

そうして私は、深くため息をついたのだった。

クリスティーナ（10歳）

自身の力の自覚度　15/100 NEW

レベル	782
HP	76350/76350
MP	67890/67890
魔力	2670
筋力	2560

スキル

武芸　レベル3
化学　レベル82
農業　レベル5

未顕現スキル

???　レベル???
???　レベル???

称号

武器の神に嫌われし者
冥府の門《アンデッド★ファクトリー》
生命を弄びし咎人《ネクロマンサー》
切望されし力の根源者《デビルリソース》
異形の呪術師
地形破壊者
神猫の首領《ドン》
転生者
万夫不当
神に背きし者
万魔狩り
核熱の破壊者

従魔

ケアル（かわいい）
玄武の幼体（未契約だが一方的に懐かれている。最終進化済み）
神猫《バステト》（最終進化済み）

17　義理の父、悪だくみをする

屋敷の執務室。

いつものように自分の椅子に腰かけた瞬間、私――辺境公アクランドは思わずこう呟いてしまった。

「うう……お尻が痛い……」

フカフカのクッションを敷いているというのに、この激痛だ。

昨日、別に辛《から》い物を食べたわけでもないのに……この苦痛。

耐えがたく、度しがたい。

お尻が……お尻が痛いっ！

「猫又どもめ……っ！　この私に……くそっ！　いつか、目にもの見せてくれるっ！」

しかし、猫又どもの属するケットシーの部族は、エルフの里の程近くに集落を構えているとのことだ。

あの猫又の戦力は異常だった。

討伐するには、それはもはや、軍事行動と呼べるレベルの戦力が必要になってくるだろう。

前回の迷宮探索はエルフの支配地域ギリギリの場所だったので、ある程度の戦力を伴っての行動もどうにかなった。

が、エルフの勢力圏の中にある猫又の集落となると……

「神仙の精霊術士……アルマ……か」

かつて、魔神を封じた英傑《えいけつ》の1人にして、エルフの里外れの湖畔に住む変わり者……

エルフの里の守護者にして、魔術の頂《いただき》を極めたとすら称される女だ。

アルマを守護者としているせいで、エルフはあの森一帯を自治領と宣言し、私の税金の徴収にも応じない。

いつかは攻め滅ぼそうと思っているのだが、100年前に1度、3代前の当主がアルマ率いるエルフの里に敗北を喫している。

アルマめ……貴様もまた、すぐに目にもの見せてくれる。

と、私が怒りに肩を震わせていたその時、コンコンとノックの音が聞こえてきた。

「入れ」

入室してきたのは屋敷の執事長と、そしてエルフの大男だった。

「……なんだこのエルフは？　臭うぞ？」

「旦那様に会わせる前に何度も湯浴《ゆあ》みをさせたのですが、それでもこの臭いでして……」

鼻をつまみながら、私は執事長にこう尋ねた。

「で、なんなのだ要件は？」

執事長が非礼を承知で私に面通しさせたということは、重要な案件であるということだ。ここは邪険に追い払うこともできまい。

「実は……」

そう言うと、執事長は私に歩み寄ってきて、コトリと鞘に収まった長剣を机の上に差し置いた。

「なんだこれは？」

「エルフの里に１００年に１人の付与術士《エンチャンター》が現れました……ギフト持ちかと思われます」

「ふむ、ギフト持ち……だと？」

「領内の最高位導師が言うには、素人同然の術で１・５倍の切れ味を付与していただろうということです。今は付与の期限切れですが」

「なるほど、それは凄まじいな……さすがはギフト持ちだ。適切な付与術の教育を施せば、我が騎士団の戦力を倍近くにすることも可能ではないか」

ギフト持ちは国際関係上、戦術兵器……あるいは戦略兵器と呼ばれることもある。

局地的な戦闘状況を覆すのが、戦術兵器。

そして、国家間のパワーバランスそのものを覆すのが、戦略兵器だ。

付与術士《エンチャンター》は騎士団の装備に直結するバランスブレイカーの一角で、この場合は戦術兵器と戦略兵器の中間の位置に相当するわけだな。

「で、そのギフト持ちというのは？」

「それが……実は件《くだん》のお嬢様がギフト持ちで」

「なんだと？　クリスティーナが？」

「今では森の精霊使いに師事しているという話ですね」

「……神仙の精霊使い。アルマに見初められるとは……なんということだ……本物のギフト持ちで間違いないではないか」

アレが謎の異常戦力を誇る猫又に守られている理由が、よくわかった。

と、そこで……ギリギリと、私は思わず歯ぎしりしてしまった。

――こんなことなら追い出すんじゃなかった。

そう思うが、まあそれは今更だ。

だが、私としてはどうしてもギフト持ちの付与術士《エンチャンター》は欲しい。

そうすれば、10年後にはこの地域の勢力図を一気に塗り替えることができるからだ。

「よし、決めたぞ。アレは俺の娘だ。何がなんでもエルフどもから取り返す」

「しかし、神仙のアルマが保護しているのですよ？」

「それはこちらでなんとかする。どのみち、いつかはエルフどもは……アルマごと駆除しようと思っていたところだ」

「アルマごと……駆除ですか？　しかし、あの精霊使いは一筋縄ではいきませんよ？　千の軍勢を1人で蹴散らしたこともあるのだとか」

そこで私はニイッと笑った。

「我が家は浄化を生業《なりわい》とする聖者、あるいは聖女の家系だ」

「ええ、存じておりますが」

「その一番の役割はなんだと思う？」

「魔物の大氾濫《スタンピード》という最悪の事態を避けることですよね？」

「ああ、その通りだ。そして、魔物の大氾濫《スタンピード》に精通している者として、当家に並ぶ家系はそうはない」

「はい、そうでしょうとも」

「薬師は毒にも薬にも精通して、初めて一人前という。聖者の家系も……また然《しか》り」

「と、おっしゃいますと？」

「10年だ。その時間をかけて、私はアルマを葬り去る計画を立てていたのだよ」

「……？」

「だから、大氾濫《スタンピード》だよ」

「意味がわかりかねますが？」

「意図的に大氾濫《スタンピード》を起こす。そして、魔物の軍勢をエルフの里にけしかけるのだ」

「だ、旦那様⁉　エルフの森は……領内のど真ん中ですよ⁉」

「森からあふれ出た魔物は領民を襲うだろうが、所詮は森の近辺の辺境の地だ。犠牲は少ない」

私の言葉に、執事長は見る間に顔を青白くさせている。

まあ、凡人であれば多少の犠牲を伴うこの計画は理解できないだろう。

「それと、地下倉庫の最深部の鍵を用意しろ」

「最深部……？　まさか……」

「保険だよ。大氾濫《スタンピード》がアルマに完封された際のな」

その言葉で執事長は卒倒しそうになり、声を荒らげた。

「おやめください旦那様！　魔神の封印を解こうというのですか⁉」

「かつてアルマたち……六英傑が封印した魔神の力――アルマを葬り去るにはちょうど良い」

「魔神は御《ぎょ》せません！　御せぬから、魔の神なのです！」

「封印されし力の一部を解放するだけだ。魔物の群れの対処で消耗したアルマに……少しだけ魔神の力を使う。ただそれだけだ」

「お、お、おやめください旦那様……先祖代々、あの封印には触れてはならぬと……っ！」

「そんな生ぬるいことをしているから、3代前の当主はアルマに敗れた。私は同じ轍《てつ》を踏まんよ」

「お考え直しを……領地が……滅びますぞ……？」

「くどい。私は手段は選ばない。いつまでもエルフのような森の野蛮人にデカい顔をされてはたまらんしな」

そうして、私の言葉に執事長はがっくりとうなだれたのだった。

18　精霊さんを呼び出しましょう　その1

アルマさんに連れられて、私は山の中を歩いていた。

っていうか、結婚式の日にアルマさんが訪ねてきたんだよね。

で、アルマさんが私を弟子に取るって言い出したもんだから、みんなはビックリ仰天の大騒ぎだった。

そんでもって、その翌日に私は荷物をまとめてアルマさんのところに行くことになったんだけど――

「うう、クリス……いつでも戻ってきて良いからな」

「私とクリフォードの家にもいつでも遊びに来て良いからね」

マルケス親方なんて泣いちゃって……もう大変だったんだよ。他の工房のみんなも「困ったことがあったらいつでも相談しろ」って涙目になってたし。

いやー、私ってば本当に愛されてたんだなと、私まで泣きそうになっちゃったよ。

まあ、幼女補正がものすごく大きいんだけど、やっぱりみんな良い人だったんだなーと。

で、かれこれ1時間ほど歩いていたので、私はアルマさんに尋ねてみた。

「どこまで歩くんですか？」

「色々と寄り道をしますので、少し長いですね」

でも、不思議だね……

結構な急斜面とかを歩いているんだけど、体が全然疲れない。

前世の私だったらこんな山歩きなんて絶対無理だったのに、これが異世界人補正ってやつなんだろうかね。


と、まあそれはさておき。

アルマさんに連れられて歩いていると、森が開けて集落にたどり着いたんだ。

「目的地に到着しました」

「ここが目的地なんですか？」

「ええ、この山村はエルフの里から離れていましてね。持病がある高齢者も多いのです」

「高齢者？」

「ここは猟師の村で、魔物や獣の肉を獲っていますね。そういう方たち用のＨＰ回復の薬ならマルケス工房が卸《おろ》しているのですが……」

「ふむふむ」

「高齢者に多い病気――高血圧やリウマチなどの薬は、私でないと……」

そうして、アルマさんは村の集会所のような場所に入った。

すると、高齢のお爺ちゃんやお婆ちゃんがアルマさんを見るなり、顔をほころばせた。

「いや、大魔導士様、助かりますよ」

「皆さん、特に変わりありませんね？　いつもの薬をここに置いておきますので……」

「本当にお代は必要ないのですか？」

「まあ、錬金術と薬作製は私の趣味と研究も兼ねているので」

「それでは……お菓子とお茶だけでも……」

「ええ、それならいただきましょう」

アルマさんはお爺ちゃんお婆ちゃんと談笑をし始めてしまった。

で、ほどなくして、集落の子供たちがアルマさんの来訪を聞きつけて群がってきたんだよね。

「あ、お姉ちゃんだ！」

「ふふ、貴方のお婆ちゃんよりも私は年上ですよ？」

そうして、６歳くらいの男の子がアルマさんに忍び寄って――

「スカート捲《めく》り！」

いや、ローブ捲りなんだけどね。

すると、ヒラリとアルマさんは男の子の手を躱《かわ》して、ニコリと笑って指先を立たせた。

「困った子ですね……とりゃっ！」

「うぎゃあああ！」

男の子はその場でうずくまって涙目になってしまった。

「あ、アルマさん！　何をやったんですか」

「かるーい雷撃でビビッてやっただけですよ。今の行為は子供ですから許されますが、将来のことを考えると軽いお仕置きは必要かと」

で、涙目になった男の子はその場で急に笑い始めた。

「はは、ははは！　最初はビリッてきて驚いたけど、なんかコレ面白いぞ！」

「お姉ちゃん！　私も！　私も！」

「私もやって！」

「ふふ、本当に困った子たちですね……とりゃっ！」

「うぎゃあああああ！　あ、でも……何か楽しい！　あは、あははーっ！」

な、な、なんなのこのノリは……と、私がその場で思っていると、アルマさんは小さく頷いた。

「まあ、肩こり用の電流程度ですからね」

「ふーむ……」

うん、この人はやっぱり良い人なんだろうな、と私は思う。

子供に懐かれているし、お爺ちゃんお婆ちゃんからの信頼も絶大なようだ。

更に言えば、マルケス親方が一切何も言わずに「クリスをお願いします」って言ってたあたりからも、それは間違いない。

「それでは、そろそろお暇《いとま》しましょうかクリス」

「えー、もう帰っちゃうのお姉ちゃん？」

「ふふ、今度はたくさん遊んであげますからね」


そうして、アルマさんと私は村を出たんだけど、アルマさんは神妙な面持ちでこう言ったのだ。

「それでは、もう1つの寄り道をしましょうか」

「と、おっしゃいますと？」

「私は精霊使いです」

「はい、そういう話ですね」

「エルフの森に居を構えたのは精霊の気が強いというのもあるのですね」

「……なるほど」

「私の目的は、貴女が自身を自身の力で守れるまで、保護しながら育てることです」

「はい。それで？」

「付与術《エンチャント》は鍛冶の神から力を借りる。精霊使いは精霊から力を借りる。共通するところも多く、貴女とも相性が良いでしょう。とはいえ確定とは言えないので……これから適性を調べようと思います」

「適性……ですか？」

「ええ、これから向かう場所は精霊の聖地です。そこで精霊を呼び出してもらいます。貴女の力と適性に応じて……出てくる精霊の数が変わるでしょう」

「精霊の数……ですか？」

「火、水、風、土――そして、光と闇。まあ、蛍《ほたる》のような色とりどりの光の玉が現れて綺麗ですよ。力の持たない者ではほとんど呼び出せませんが、それでも色合いの分布図で色んな適性がわかるのです」

☆★☆★☆★

暖かい陽光が差し込む、昼下がりの草っぱら。

森に囲まれた半径10メートルほどの草原で、私は思わず感嘆の声をあげてしまった。

「うわー！　綺麗ですね！」

アルマさんの呼び出した精霊――色とりどりの光体は、まさしく綺麗としか表現ができなかった。

いやはや、日本でイルミネーションといえば神戸《こうべ》のルミナリエとかが有名なんだけど、これはそれの比じゃないよ。

だって、あっちは人工で、こっちは天然だもんね。

いや、アルマさんが呼び出してるんだから、ある意味人工とも言えるけどさ。

ともかく、四大精霊の火・水・風・土は、それぞれ赤色、水色、緑色、そして鮮やかな黄色に。

そこに光と闇の白色と紫色がアクセントを加えて、一面にぼんやりと、無数の蛍のように浮かんでいる。

見渡す限りの光の絶景は、まさに幻想的という言葉がぴったりのシロモノだった。

「ね、綺麗でしょう？」

「ええ、本当にっ！」

「修練を積めば、おそらく貴女もこの領域にまで達することはできると思いますよ」

「修練……ですか？　アルマさんも昔は修練を積んでいたのですよね？」

「今はもう強さには興味はありませんが……まあ、そりゃあもう、がむしゃらに頑張りましたね」

「でも、アルマさんって世界的にも有名なすっごい偉い魔術師さんなんですよね？　どうして今はエルフの森で隠遁生活を決め込んでいるんですか？」

「魔術の探究をやめたのは1つ理由がありましてね。私の手は人を殺せます。それはもう簡単に殺せます。実際に数百……いや、数千の敵を屠《ほふ》り、屍《しかばね》の山を築きました。大義を背負っての戦いだったので、歩んできた道が間違っていたとは思いません。が……他にも道はあったのかなと、今ではそう思います。そして、血に濡れたこの手の汚れは、未来永劫《みらいえいごう》落とすこともできません。なので、私は贖罪《しょくざい》の意味も込めてこの道を歩んでいるのです」

「……この道？」

アルマさんは穏やかな表情で小さく頷き、微笑を浮かべた。

そうして両手を広げ、くるりとゆっくりとその場で回ったんだ。

「――精霊と共に歩み、風の歌を聞き、大地の暖かい脈動を感じ、自然の恵みに感謝する。俗世の理《ことわり》に干渉されず、ただただ毎日をのんびりと過ごす……とても良いものですよ」

まあ、言っていることはわからんでもないね。

でも、ちょっと10代半ばの少女のセリフにしては、老成しすぎ……いや、１０００歳超えてるのかこの人は。

見た目は中学生くらいだから、どうにもギャップが……

「こんな昔話をしたのにには理由がありましてね。貴女は力を持っています。私のように生きろとは言いませんが、力の使い方を誤ることだけはしてほしくないのです」

「……」

さて、どう回答したもんかと思っていると、アルマさんは私に30センチの物差しくらいの短杖《たんじょう》を渡してきた。

「それでは貴女の魔導の適性を調べます。ここは精霊の聖地ですからね――好きに精霊を呼び出してください」

「えーっと……でも、どうすれば？」

「魔法付与と同じです。なんでも良いですよ。貴女が好きなものをイメージして、杖に魔力を流して気合を入れればよろしいのです」

「好きなものですか？」

「あるがままの心のありようを精霊の分布図に映すわけですからね。なので、あるがままの貴女の頭の中のイメージ……つまりは、好きなものをこの場に呼び出すような感じで思い浮かべてください」

と、そこでアルマさんは向こう側を向いて、そしてうずくまってしまった。

はてさて、どういうこっちゃと思っていると……どうにも肩が小刻みに震えている。

――魔力行使をしている時の私の白目の顔を思い出して笑っているらしい。

いや、そこまでツボにはまらんでも……

とか、そんなことを思いながら、私は杖に魔力を流してみた。

でも、イメージはどうしようかね。

好きなもの……好きなもの……そうだね、これでいってみようか！

私の好きなものって言ったら、やっぱり「もふもふ」しかないでしょう！

「そりゃっ！」

と、杖に魔力を込めると――

「……」

「……」

「……」

「……」

アルマさんと私は押し黙り、お見合いすること数十秒。

「あれ？　何も起きませんね？」

すると、アルマさんは「はてな？」と訝しげにこう言ったんだ。

「うーん……おかしいですね。そこらの街の子供が精霊を呼んでも、少しは出るのですが……ギフト持ちでポーション工房で魔力操作に慣れているはずの貴女が……」

と、その時――

森の茂みの中から、もふもふとした獣……頭が３つあって、すごい大きくて真っ黒で……そんな巨大なワンちゃんが現れた。

いや、ワンちゃんと言えば多少語弊があるか。

そのもふもふの見た目は、ハッキリ言ってしまえば――

――地獄の番犬ケルベロスだった。


「なっ⁉　ケルベロスっ⁉」

「ふふふ、我は魔王軍四天王の1柱――ケルベロスだ」

っていうか、地獄の番犬どころか四天王だったらしい。

まあ、ケルベロスって言えばゲームとかでは強者の代名詞みたいなところはあるよね。

ふーん……四天王なんだ……

四天王かぁ……四天王なのかぁ……

――って、四天王っ⁉

――ま、ま、ま、魔王軍四天王っ⁉

な、な、なんでそんなのがこんなところにいるのっ⁉

と、思わず私は大口をポカンと開いたのだった。

クリスティーナ（10歳）

自身の力の自覚度　15/100

レベル	782
HP	76350/76350
MP	67890/67890
魔力	2670
筋力	2560

スキル

武芸　レベル3
化学　レベル82
農業　レベル5

未顕現スキル

???　レベル???
???　レベル???

称号

四天王を召喚せし者 NEW
武器の神に嫌われし者
冥府の門《アンデッド★ファクトリー》
生命を弄びし咎人《ネクロマンサー》
切望されし力の根源者《デビルリソース》
異形の呪術師
地形破壊者
神猫の首領《ドン》
転生者
万夫不当
神に背きし者
万魔狩り
核熱の破壊者

従魔

ケアル（かわいい）
玄武の幼体（未契約だが一方的に懐かれている。最終進化済み）
神猫《バステト》（最終進化済み）

19　精霊さんを呼び出しましょう　その2

　ケルベロスとアルマさんは睨み合い、そしてケルベロスは苦虫を噛みつぶしたような表情で口を開いた。

「我が主《あるじ》よりも強き呼び声――なるほど、精霊使いのアルマとあれば、納得もいくものだ」

「……？」

「ともかく、貴様が俺を呼び出したということは、森の魔王の動き――大氾濫《スタンピード》を察知したということろか」

「……？」

「まさか、かつての魔王のうち3柱の御力を吸収した貴様が獣王召喚の術を使えるとは……このケルベロス、一生の不覚なり」

「……？」

「ともかく、我も四天王のはしくれ――計画遂行の障害となる貴様の腕の1本でも道連れにしてやろう」

ALPHAPOLIS
WEB CITY SINCE 2000

ALPHAPOLIS
アルファポリス

LN_Ver.2

アルファポリスの人気作品を一挙紹介!

召喚・トリップ系

こっちの都合なんてお構いなし!?
突然見知らぬ世界に呼び出された
主人公たちが悪戦苦闘しつつも
成長していく作品。

いずれ最強の錬金術師？

小狐丸

既刊10巻

異世界召喚に巻き込まれたタクミ。不憫すぎる…と女神から生産系スキルをもらえることに!!地味な生産職を希望したのに付与されたのは、凄い可能性を秘めた最強(?)の錬金術スキルだった!!

最強の職業は勇者でも賢者でもなく鑑定士（仮）らしいですよ？

あてきち

異世界に召喚されたヒビキに与えられた力は「鑑定」。戦闘には向かないスキルだが、冒険を続ける内にこのスキルの真の価値を知る…!

既刊6巻

装備製作系チートで異世界を自由に生きていきます

tera

異世界召喚に巻き込まれたトウジ。ゲームスキルをフル活用して、かわいいモンスター達と気ままに生産暮らし!?

既刊8巻

もふもふと異世界でスローライフを目指します！

カナデ

転移した異世界でエルフや魔獣と森暮らし！別世界から転移した者、通称『落ち人』の謎を解く旅に出発するが…？

既刊5巻

神様に加護２人分貰いました

琳太

便利スキルのおかげで、見知らぬ異世界の旅も楽勝!?２人分の特典を貰って召喚された高校生の大冒険！

既刊7巻

定価：各1320円⑩

ゲーム世界系

VR・AR様々な心躍るゲーム
そんな世界で冒険したい!!
プレイスタイルを
選ぶのはあなた次第!!

とあるおっさんのVRMMO活動記

椎名ほわほわ

VRMMOゲーム好き会社員・大地は不遇スキルを極める地味プレイを選択。しかし、上達するとスキルが脅威の力を発揮して…!?

既刊23巻

THE NEW GATE

風波しのぎ

目覚めると、オンラインゲーム(元デスゲーム)が"リアル異世界"に変貌。伝説の剣士が、再び戦場を駆ける!

既刊19巻

のんびりVRMMO記

まぐろ猫@恢猫

双子の妹達の保護者役で、VRMMOに参加した青年ツグミ。現実世界で家事全般を極めた、最強の主夫がゲーム世界で大奮闘!

既刊10巻

定価:各1320円⑩

実は最強系

アイディア次第で大活躍!

追い出された万能職に新しい人生が始まりました

東堂大稀　既刊5巻

万能職とは名ばかりで"雑用係"だったロアは「お前、クビな」の一言で勇者パーティーから追放される…生産職として生きることを決意するが、実は自覚以上の魔法薬づくりの才能があり…!?

落ちこぼれ［☆1］魔法使いは、今日も無意識にチートを使う

右薙光介　既刊8巻

最低ランクのアルカナ☆1を授かったことで将来を絶たれた少年が、独自の魔法技術を頼りに冒険者としてのし上がる!

定価:各1320円⑩

転生系

前世の記憶を持ちながら、
強大な力を授かった主人公たち。
現実との違いを楽しみつつ、
想像が掻き立てられる作品。

異世界転生騒動記

高見梁川

異世界の貴族の少年。その体には、自我に加え、転生した２つの魂が入り込んでいて!? 誰にも予想できない異世界大革命が始まる!!

既刊14巻

転生王子はダラけたい

朝比奈和

異世界の王子・フィルに転生した元大学生の陽翔は、窮屈だった前世の反動で、思いきりぐ～たらでダラけた生活を夢見るが……？

既刊12巻

Re:Monster

金斬児狐

最弱ゴブリンに転生したゴブ朗。喰う程強くなる【吸喰能力】で進化した彼の、弱肉強食の下剋上サバイバル！

第1章：既刊9巻＋外伝2巻　第2章：既刊3巻

異世界ゆるり紀行

水無月静琉　既刊10巻

転生し、異世界の危険な森の中に送られたタクミ。彼はそこで男女の幼い双子を保護する。２人の成長を見守りながらの、のんびりゆるりな冒険者生活！

素材採取家の異世界旅行記

木乃子増緒　既刊9巻

転生先でチート能力を付与されたタケルは、その力を使い、優秀な「素材採取家」として身を立てていた。しかしある出来事をきっかけに、彼の運命は思わぬ方向へと動き出す―

定価：各1320円⑩

自衛隊×異世界ファンタジーの決定版!
最新巻好評発売中!!
ゲート
GATE
SEASON 2
自衛隊 彼の海にて、斯く戦えり
柳内たくみ 著
Yanai Takumi
既刊5巻
定価：各1870円⑩

月が導く異世界道中
Tsukiga Michibiku Isekai Dochu
あずみ圭
Azumi Kei
既刊16巻＋外伝1巻
2021年7月より
TVアニメ化決定!!
神と人族から
見捨てられた男の
異世界世直しファンタジー
定価：各1320円⑩

続々刊行中！

話題の新シリーズ

転生・トリップ・平行世界…
様々な世界で主人公たちが
大活躍する新シリーズ！

この面白さを見逃すな！

レベル596の鍛冶見習い

寺尾友希　既刊2巻

鍛冶師を夢見るノアは生活のため自力で集めた素材で農具を打っていた。だが、素材はどれも激レアで!?無自覚で英雄越えのレベル596になった少年の物語が始まる—!!

最強Fランク冒険者の気ままな辺境生活？

紅月シン

最果ての街にふらっと来たFランクの少年、ロイ。新人と思いきや実は魔王を倒した勇者だった!!ロイの無意識なチートで街は大きな渦に呑まれていく…

全3巻

神に愛された子

鈴木カタル

善行を重ね転生したリーンはある日、自らの称号に気づく。様々な能力は称号が原因だった!!更に伝説の聖獣に呼び出され…!?

既刊5巻

初期スキルが便利すぎて異世界生活が楽しすぎる！

霜月雹花

転生後、憧れの冒険者になるが依頼は雑用ばかり…。しかし、持ち前の実直さで訓練を重ね、元英雄が認めるほどの一流冒険者に!?

既刊6巻

前世で辛い思いをしたので、神様が謝罪に来ました

初昔 茶ノ介

神様にお詫びにもらった全属性魔法を使用し、転生後まったり森で暮らしていたサキ。しかし、魔物に襲われていた人間を助けたことで波乱の幕が上がる…!?

既刊2巻

チートなタブレットを持って快適異世界生活

ちびすけ

ケントはタブレットを持ったまま異世界に来てしまった…雑用係としてパーティに入れてもらうが、チートアプリのお陰で家事にサポートに大活躍!?

既刊4巻

大自然の魔法師アシュト、廃れた領地でスローライフ

さとう

魔法適正「植物」のため実家を追放されたアシュト。第二の人生はスローライフと考えていたが、レア種族がどんどん集まって来て!?

既刊5巻

水しか出ない神具【コップ】を授かった僕は、不毛の領地で好きに生きる事にしました

長尾隆生

シアンは成人の儀で水しか出ない神具【コップ】を授かり、順風満帆な人生から一転、追放される…しかし、【コップ】には秘密があり…!?

既刊3巻

勘違いの工房主

時野洋輔

「戦闘で役に立たない」とパーティを追い出されたクルト。工事や採掘の仕事でも役立たず…と思いきや、実は戦闘以外の全適正が最高ランクで!?

既刊7巻

もふもふが溢れる異世界で幸せ加護持ち生活！

ありぽん

神の手違いのお詫びに加護持ちで異世界転生したジョーディ。1番の友達のブラックパンサーと共に1歳の誕生日祝いで出かけるが、その先では大事件が…!?

既刊1巻

愛され王子の異世界ほのぼの生活

霜月雹花

アキトは転生者特典のガチャで大当たりを引き、チート王子として生を受けた。戦争や国の大事業に巻き込まれるが意地でもスローライフを目指すことに…!!

既刊3巻

泣いて謝られても教会には戻りません！

ヒツキノドカ

セルビアは理不尽な婚約破棄をされ教会から追放された…似た境遇の剣士と出会い、一緒に旅することになったが、規格外の力が次々発覚して…!?

既刊1巻

追い出されたら、何かと上手くいきまして

雪塚ゆず

紫の髪と瞳のせいで家から追放されたアレク。素性を伏せ英雄学園に通うと桁外れの才能で人気者に!!実は彼の髪と瞳の色には秘密があり——!?

既刊4巻

余りモノ異世界人の自由生活

藤森フクロウ

シンは転移した先がヤバイ国家と早々に判断し、国外脱出を敢行。他国の山村でスローライフを満喫していたが、ある貴人と出会い生活に変化が!?

既刊1巻

定価：各1320円⑩

「……？」

「いや……そこにいるのは子供……か。ふふ、アルマよ！　戦場に無力な者を連れてくるとは……平和ボケも過ぎるぞ！　子供を人質にすれば、俺の勝ちの目もあるということだっ！」

突然何やら1人でしゃべり始めて、1人で納得しているケルベロスさん。

対するは、終始困惑の表情を浮かべているアルマさんだ。

そして人質宣言をされた私は、ただただ恐れおののくしかないわけだ。

「と、と、ところでアルマさん？　魔王の力を吸収したってどういうことなんですか？」

「ええ、昔は私も力を得るためにヤンチャだったのですよ。魔王の力を吸収するような無茶もしましたしね。事実として、１０８柱の魔王のうち、３柱は私の中にあります」

「え？　魔物の中で一番偉いのが魔王なんじゃないんですか？　１０８柱もいるんですか？」

「ええ、各地域に魔物を統括する魔王はいますよ。それぞれが強大な力を持ち、各国を悩ませています。それで、その上に魔神というのが幾柱かいましてね。滅多に人間界には手を出しませんが、１０００年前に変わり者がこちらの世界にちょっかいを出してきたので、私たちが封印を施しました。今、辺境公が責任を持って、魔神が封印された剣を保管しているはずです」

えー……。

義理のお父さんが封印を保管してるの？

それはそれですっごい不安なんだけど……と、それはさておき。

「あと、ケルベロスさんを呼んだのはアルマさんなんですか？」

「いや、そこが私もわからないのですよ」

ヒソヒソと困惑気味に話し込む私たちに、ケルベロスさんは「グルル……」と唸り声をあげた。

マルケスさんが告げる。

「ともかく……クリス。私1人であればケルベロスを御すのは容易《たやす》いですが、それでもアレは強力な魔物です」

「……はい」

「貴女が人質に取られると……ややこしいことになります。それはわかりますね？」

「ええ、そりゃあもう」

「この次元の戦いになると、余波に巻き込まれるだけでも普通の人間ならすぐに死にます。貴女を守り切れるとまで断言はできないので、今すぐに逃げて――」

と、アルマさんがそこまで言ったその時――


――ドゴゴゴゴっ！


周囲の森の一角から爆音が聞こえてきた。

しかも、その謎の爆音はこちらに近づいてきているようだ。

ん!?　どういうこと!?
そう思っていると——

「「「「お待たせしやしたーーー姉御っ！」」」」


「何故にケットシーさんがこんなところにっ!?」

ってか、さっきの爆音はケットシーさんたちの全速力の足音だったんだね。

「姉御が呼んだんじゃなかったんですかい？」

「え？　私は角笛とか使ってないよ？」

再度、アルマさんと私は困惑する。

一体全体、何が起きているのだろう？

まあいいや。ともかく、今はケットシーさんたちが来てくれてありがたい。

彼らがいれば、私の安全は保証されたようなものだろうしね。

その証拠に、アルマさんもほっとした表情をしているし。

そうして、アルマさんは私を指さし、ケットシーさんたちに向けてこう告げたのだ。

「それではこの場は私に任せて……クリスをお願いします」

さて、これでどうにかなりそうだねと安心していると、ケットシー長男がアルマさんに声を荒らげてこう言ったのだ。

「ちょっと待ちねえ、姉ちゃんよ」

「ん？　なんでしょうか？」

　すると、ケットシー次男やケットシー長女、そしてヤクザ系ケットシーさんが次々と声を荒らげる。

「姉ちゃん。それはあきませんわ。なんせ、ケルベロスいうたら、それはそれは強力な魔物やさかいな」

「そうさ。ここはアタイたちに仕切らせてもらう。なにせ、アタイたちはクリスの姉御の役に立つことを至上命令として生きてるんだからね」

「せやせや、ここでケルベロスの命《タマ》取ったら、俺らはクリス一家の大幹部に昇格や」

「手柄の横取りをさせる気は、あっしたちにはないぜ？　ここでクリス姉さんの役に立って、俺たちゃ組織内の地位を確立させなきゃいけねーんだからな」

「そういうことや。なんせワイらは……この果てしなく長い任侠道を上り始めたばかりやさかいな」

　クリス一家……だと？

　ウチにはカメ吉とケアルちゃんくらいしかいないから、荒事《あらごと》担当としては唯一無二の大幹部なんだけどさ。

しかし、ヤクザ系ケットシーさんのキャラ立ちがどんどんおかしな方向にいっちゃってるよね。

っていうか……今、ハッキリと任侠道って言っちゃったよね？

「しかし、猫又ではケルベロスは手に負えるものではありませんよ？　いや、猫系最強……神獣であるバステトですら、ケルベロスは手に負えません」

「ほー。つまりは、姉ちゃんは……あっしらには無理だから、引っ込んでいろと？　そう言いたいってことだよな？」

「……そうしてもらえれば助かりますね」

ん……？

何やら、話がおかしな方向に進んでいるよ？

と、私は愕然とした表情で、このやたらマッチョなもふもふたちをただただ呆然と眺めていたのだった。

「貴方たちほどの実力者であれば、ケルベロスには勝てないことはわかるでしょう？」

そう言われ、ケットシーさんたちは「ぐぬぬ」と苦虫を噛みつぶしたような表情になった。

どうにも、痛いところを突かれたという表情だ。

この分だと、実際にケルベロスさんはケットシーさんたちよりも強いのだろう。

っていうか……マジで⁉

あのワンちゃん、このやたらマッチョなもふもふたちよりも強いのっ⁉

ヤバいじゃん！　それはマジでヤバそうな感じの強敵じゃん！

さすがは四天王……舐めてかかると大変なことになりそうだね。

と、私が恐れおののいていると、ケットシーさんは遠い目……いや、優しさすらも感じる達観した表情で空を見上げたんだ。

「姉ちゃん、あっしらには引けねえ戦いってもんがあるんだ。そこは理解できるな？」

「そうさ。アタイたちはクリス姉さんの鉄砲玉として死ぬことが定めなのさ」

「そう。それはワイらの存在価値やし、それがワイらの任侠道や」

「ああ、その通りさ。僕たちはクリス姉さんと従魔契約したあの日――クリス姉さんに命を捧げると約束したのだから」

そんな約束をした覚えは一切ない。

普通ならそこに驚いたり、ツッコミを入れるべきところなんだろうけど……私としては突然に丁寧ふうイケメン口調に進化した、最後に言葉を発したケットシーさんに釘付けにならざるをえない。

さすがの私も……これには衝撃を禁じえないよ。

はたしてケットシーさんたちは、口調によるキャラ分けについて何か思うところがあってそうしているのだろうか？

確かに、この子は長男と丸かぶりではあったんだけど……

と、アルマさんも大口をあんぐりと開いて丁寧ふうイケメン口調のケットシーさん……えーっと、ここでは便宜上、王子様ふうケットシーさんとでも名付けようか……を眺めているから、おそらく私と同じ気持ちなんだろう。

「ともかく……まあ、良いでしょう。引く気がないなら、ここは貴方たちにお任せします」

「ほう、話がわかる姉ちゃんだったみたいだな」

「ああ、人間にしておくには惜しいくらいさ。こんなものわかりの良い女なら、猫又の顔役の1人に欲しいくらいだよ」

「まあ、ワイらとは友好関係を結べそうだな」

「ふむ……顔も美しいし、僕のフィアンセにしたいくらいのお嬢さんだ。どうだろう？　今度、素敵なバーでお酒でもご一緒しないかい？　素敵な思い出をプレゼントしてあげるよ」

もはや、私とアルマさんは王子様ふうケットシーさんから、一瞬たりとも目を離せない状態になっている。

ついさっきまで私はヤクザ系ケットシーさんに注目してたんだけど、もう完全にこの子の独壇場みたいになっちゃってるよね。

ってか、次に何を言うのか……ワクワクとドキドキが止まらないほどに王子様を凝視しちゃってるんだけど、今は緊急事態だ。

もっとこの子の言動を見ていたいんだけど……と、そんな感じでアルマさんは名残惜しそうに小さく頷いた。

「ただし、危なくなれば私が前に出ます。その場合、貴方たちはクリスの護衛に専念してください」

「「「ああ、わかった」」」

そうして、ケットシーさんたちは10歩ほど進み、ケルベロスと向き合った。

「ほう、猫族風情が……四天王の俺に歯向かうと？」

「おい、ワンコロ？　あっしらを舐めてたら……痛い目に遭うぜ？」

ゴキゴキと拳を鳴らすケットシーさんたち４人。

それに向き合うは、巨大な犬歯を剥き出しにする３つ頭――地獄の番犬ケルベロス。

――どうやら、そういうことになったらしい。

20　精霊さんを呼び出しましょう　その3

「姉御、下がっていてくだせえっ！」

いや、言われなくても、こっちは30メートルくらいは自主的に下がってるよ。

アルマさんも隣で、なんか結界っぽいの張ってくれてるし。

と、そんなこんなで始まりましたよ、ケットシーさんとケルベロスさんの肉弾戦。

いやー、素直な感想を言うと、なんていうか、ドラ○ンボールみたいだね。

ケットシーさんの拳がケルベロスさんに炸裂するたびに、衝撃波みたいなので周囲の森の枝とかが飛んでるし、ケルベロスさんが跳躍すると地面がエグられるとかそんな感じで。

で、ケルベロスさんはやっぱり強敵だった。

ケットシーさんたちにタコ殴りにされながらも、ケルベロスさんは文字通りに歯牙《しが》にもかけずに反撃する感じ。

と、そこでケルベロスさんは上腕を振り上げて、ケットシーさんに向けて大きく一薙《ひとな》ぎ。

「ぐっ……こいつ……できるっ！」

ケットシー長男が吹き飛ばされて、大木にぶつかって……ありゃりゃ、メリ込んだみたいになっちゃってるよ。

で、ケットシー長男は大木から自分の体を引きはがすと、そのまま跳躍してケルベロスさんに向けて飛びかかっていった。

「しかし、クリス？　あのケットシーさんたち……本当に猫又とは思えません。あの戦闘能力は神獣……バステトとしか……説明が……」

「ああ、普通の猫又よりもずいぶんと大きいみたいですからね」

「突然変異や上位個体だとしても、あまりにもアレは猫又から逸脱しすぎている……ような」

と、それはさておき……戦況は良くない。

基本的にケットシーさんたちのほうが、猫だけあってスピードは上みたいなんだけど……ケルベロスさんの装甲が厚すぎるみたいなんだよね。

ケットシーさんたちが寄ってたかってボコボコにしてるのは事実だ。

だけど、そのどれもが深いダメージとして通ってないって感じかな。

「でも、まずいですねアルマさん。ケットシーさんたちも強いですけど、ケルベロスさんはそれ以上です。相当な連撃を入れているのに……全然効いてませんよ。今のケットシー長男さんの右ストレートなんて、綺麗に3連発で眉間に入ったのに……」

と、そこでアルマさんはギョッとした表情を浮かべた。

「クリス……？」

「はい、なんでしょうか？」

「……今のケットシーさんの攻撃が……3連撃だと正確に見えたのですか？」

「え？　別に私は近視ってワケじゃないですけど」

「……」

「……見えたの……ですか？　アレが……貴女に……？」

そこでアルマさんは不思議そうに何かを考え込んでしまった。

まあ、ともかくアルマさんの見立ての通りに、ケルベロスさんとケットシーさんたちでは力に差があるらしい。

と、その時、ケルベロスさんが何やら気合を込めると闘気っぽい何かが発生して、ケットシーさんたちはチリチリバラバラに吹き飛んでいったんだ。

「ぐわあああっ！」

ケットシーさんたちは周囲の樹木をメキメキと破壊しながら吹き飛んで、大木にメリ込む形でようやく止まった。

で、さっきと違うのは、ケットシーさんたちは全員がフラフラで……明らかにダメージを受けていることだった。

そこでアルマさんは立ち上がり、「ここが潮時です」とポツリと呟いた。

どうやらアルマさんが戦闘に加わるつもりらしい。けれど——

「あっしらは……ここで……終われねえ」

「クリスの姉御に……アタイは……まだ……恩を返してない……だから……」

「ワイらのド根性……見せたるわい……っ！」

「ふっ……命に代えても守りたい主君……か。本心からそんなことを思えるのだから、僕は幸せな騎士《ナイト》なのだろう」

なんか、みんな……

めっちゃボロボロでフラフラなのに……まだ私のために戦おうとしてくれてるよ。

私的には、突然懐かれて、体も命も張られて、困惑しかないけど……それでも、ケットシーさんたちが全力で私を人事にしてくれてるのはよくわかる。

そう、彼らは伊達《だて》や酔狂《すいきょう》で体を張ってるんじゃなくて、大真面目に私に命を預けてくれてるんだ。

「まずいですね」

「どうしたんですかアルマさん？」

「ケルベロスはやる気です」

「やる気？」

「ケットシーさんはそれぞれが遠くに吹き飛ばされました。私が出るにしても、ケルベロスが全力で1体のケットシーさんに向かえば……おそらく間に合いません」

「そんな……っ⁉」

「人質にでもするつもりなのでしょう。あるいは、私という……ケルベロスにとっては確定死に対する意趣返し……せめてもの抵抗とばかりに、冥途《めいど》の道ずれにするつもりなのかもしれません」

そんな！　そんなことってっ！

でも、助けてあげたいけど、私には何もできない。

なら、それなら……私を慕ってくれてるケットシーさんたちの力に少しでもなるように……心と体を奮い立たせるように、私にできることは――

「負けないでケットシーさんっ！　頑張っててっ！」

少しでも私の言葉が彼らの力になるのならと、全力全開での本心での応援だった。

と、その時――


――メリメリーーっ！


ん？　なんだこの効果音は？

なんかケットシーさんたちがめっちゃ叫んでるね。

お？

「「「うおおおおおおっ！」」」

で、私は次の瞬間に驚愕することになる。

例えば、今までのケットシーさんたちが……北〇の拳でいうところのマッチョ度で言うと、モヒカンＡとかＢくらいだったとしよう。

まあ、３メートルもあるからあのマンガの世界に出てくるモヒカンよりもマッチョで大きいんだけど、そこはたとえ話だね。

つまり、今までのケットシーさんがモヒカンＡだと仮定しよう。

その場合、今、私が見つめているケットシーさんの肉体は――

——ラ○ウになっていたのだ。


「な、な、なんだこりゃあ⁉」

「あ、姉さん！　アタイたち……どうしちまったんだい⁉」

「なんや……エラい体がみなぎってきたでしかしっ！」

「しかし、この体はあまりにも筋肉モリモリで美しくないね。個人的には細マッチョくらいが許せるギリギリラインなんだけどねえ……やれやれだよ」

で、そんな巨大化したケットシー4兄妹を見て、唯一マッチョ化していないケアルちゃんも叫んだんだ。

「つよそうなのですー！　にいちゃたちかっこいいのですー！」

ケアルちゃんも妙に興奮しちゃってるし、いや、本当にこれってどういうことなのよ⁉

そんでもって、ケットシーさんたちに対するケルベロスさんも……それはそれは驚いている様子だ。

「な、なんだこれは⁉　何が起きているのだ⁉　いや、しかし……所詮ケットシーの最終進化はせいぜいが神猫《バステト》だ！　恐るるには足らず——ぷべらっ！」

で、炸裂したのはケットシー長男の右ストレートだ。

「やかましいっ！」

「獣王だかなんだか知らないが、アタイらは犬相手には負けないよ！」

「せや！　ワイらは猫族の看板背負っとるんや！」

「生憎《あいにく》だが、クリス嬢の手前――僕はカッコつけないといけないからね」

ええと、あまりにもハチャメチャな状況なので、頭の中が眼前の光景にまったく追いついてない感じだ。

なので、「さて……」と呟いた私は、眼前のカオスな光景について頭の中で整理し始めたんだよね。


――元々は、ネコミミだけついてる人間の幼児みたいな見た目だったケットシーさん。

かつては誰しもが問答無用で可愛いと思うその容姿。

けれど彼らは、自身の魔物としての弱さに悩んでいました。しかし――

――なんということでしょう！

今では世紀末でも十分に通用するラスボスのような容姿です。

ムキムキで、胸板の厚さもハンパありません。

――そして、先ほどまではケルベロスさんにボコボコにされていたケットシーさん。

私も、そしてアルマさんも、いや、当のケットシーさんたちですら、もうダメだと思わざるをえない光景が、さっきまでは広がっていました。

しかし――

――なんということでしょう！

今私の眼前には、ケルベロスさんを元気にボコボコにするケットシーさんの姿があるのです。

って、劇的にリフォームする番組もビックリする光景だよ！

まあ、ともかくそんな感じでラ〇ウ化して形勢逆転したケットシーさんは、ものすごい勢いでケルベロスさんをボコボコにしてるんだけど……

「あぎゃあああああ！」

ケルベロスさんの悲鳴を聞いた私は、恐れおののきながらアルマさんにこう尋ねたんだ。

「ど、ど、どういうことなんですかアルマさん!?　何が起きているんですか!?」

「クリス。さっき……ケットシーさんが更なるマッチョ化をする直前のことなのですがね……」

「は、はいっ！　どういうことですか？」

「……貴女、ケットシーさんを応援しましたよね？」

「は、はい！　確かにっ！」

「ふーむ……」

ケットシーさんたちの殴る蹴るの暴行を眺めながら、アルマさんは何やら冷静に思案している。

「モンスターテイマー……あるいはビーストテイマーのギフト所持者であれば、使役獣を一時的に超強化できる可能性はあります」

「つ、つまり私には……付与術《エンチャント》以外にも、テイマーについてもギフトが？」

「可能性の1つ……いや、そうとしか考えられないのですが、それにしても……ケルベロスも誰かに呼ばれたとか言っていましたし、それも気になりますしね」

「つまり、どういうことなのですか？」

「まあ、常識で語るのであれば、複数ギフト持ちということですね。一般的な考えであればその可能性が一番高いです」

ん？　でもそれって……

「アルマさんはそうじゃないって思ってるってことですか？」

「あまりにも突飛《とっぴ》で大胆な仮説なら、私なりに既に構築されています。しかし、仮説を語っても貴女を混乱させるだけです。ともかく、今は複数のギフト持ちということで考えておいてくださいな」

「わ……わかりました」

と、そうこうしているうちに、ケルベロスさんはものすごい勢いでボッコボコにされて、ピクピクと痙攣しながら気絶したんだよね。

ってか、ケットシーさんたちは、私が殺したりするのは大嫌いっていうのは既に理解しているらしく、だからトドメは刺さない方向でやってくれたんだ。

で、そんなこんなでケルベロスさんはアルマさんに魔力封印を施されて、子犬サイズの黒犬ちゃんになっちゃったんだよね。

「これで……ケルベロスの戦闘能力はケアルちゃんと同じ領域になりました。ま、100年は悪さはできないでしょう」

「く、く、くっそー！　お、お、覚えておけなんだワン！」

んでもって、そんな感じで尻尾を巻いて森の中に逃げていっちゃったんだよねー。

まあ、ともかくケルベロスさんの襲撃については一件落着ってことだろうね。

☆　★　☆　★　☆　★

「弱くなりすぎて狩りもできないので、助けてほしいワン」

そんなことを言いながら、ケルベロスちゃんがアルマさんの小屋を訪ねてきたのは翌日のことだった。

「覚えておけなんだワン！」とか言ってた直後のことだったからビックリしたんだけど、試しにちょっとの間、家に置いておこうって話になったんだよね。

で、ケルベロスちゃんはケアルちゃんと意気投合したんだ。

一緒に日向《ひなた》ぼっこしたり、庭で蝶々を追いかけたりする仲になるまで、さほどの時間はかからなかったってことで、そこは私とアルマさんも一安心ってとこかな。

ちなみにアルマさん曰く、魔力を抜いて巨大化を解いた魔物は、凶暴化も解けるってのはよくある現象らしい。


——と、それはさておき。

私はアルマさんに師事して、いよいよ本格的に魔法を学び始めたんだよねー。

ケットシーさんたちが毎日「シノギの上納金」と称して、木の実や果物を持ってくるし、ケアルちゃんはケルベロスのケロちゃんと毎日「あははーっ！」と蝶々などを追い回して楽しそうだし。

まあ、ほのぼのとした日常を私的には暮らしていたんだけど……

でも、気になることもある。

と、いうのも、日に日にアルマさんの顔色が悪くなっていってるんだよね。

で、アルマさんの表情が凍りついたりするのは、大体が魔法の実技の時だったりする。

私は今、基礎魔法を学んでいて、本当に簡単な攻撃魔法とか治癒魔法とかは使えるようになったんだよ。

それでこの前、基礎攻撃魔法で半径5メートルくらいの火球が出てきて「これって普通なんですか？」って聞いたら、「炎魔法のギフト持ちなのかも……しれません」とか言ってて……アルマさんの表情はドン引きだった。

いや、でもさすがにギフトありすぎでしょ？

とか、そんなことを私も思ったりするわけで。

……やっぱり、ステータスプレートの文字化けと……これも関係あるんだろうね。

☆　★　☆　★　☆　★

——満月の夜。

リビングテーブルで魔導書を読んだまま、寝落ちしてしまったクリス。

そんな彼女に薄い毛布をかけながら、私、アルマはため息をつきました。

「寝顔だけを見ていると、本当にただの可愛らしい子供なんですがね……」

そのまま私はクリスの対面に座り、再度の深いため息。

この1週間、可能な限り彼女に気づかれないように色々と試しましたが……もう、これは当初の私の仮説で決定です。

——つまり彼女は、生まれながらにして人類最強。

念のため、クリスには基礎攻撃魔法と言って教えましたけど、アレって麦わらとか紙とかへの簡単な着火しかできない……ただの生活魔法なんですよね。

それで……半径5メートルの火球とか、意味がわかりません。

おそらく、クリスの魔力量は２０００を超えていて、それは人類最高峰の一角である私の数倍という規模に達します。

しかも、戦闘訓練を受けていたわけでもないのに、ケルベロスとケットシーさんたちの戦いも完全に見えてましたしね。

あと、これは絶対本人は気づいてないですけど、筋力とかもエグいです。

オリハルコンの原石を「脆《もろ》い石」って言って、思いっきり握らせたら簡単に変形させてましたし……ね。

「はあ……困りました」

国を相手取ってすら、クリスなら単騎で悠々と殲滅可能でしょう。

まあ、幸いなことにクリスはとても良い子です。

現時点だと……この力を悪いことに使ったりはしないでしょう。

けど……子供というのは純粋無垢《むく》な存在です。

あどけない寝顔は、思わず私の頬がゆるんでしまうくらいに可愛いのですが、だからこその危うさがあるのです。

まあ、力の制御が滅茶苦茶なので、その制御の仕方を私が教えることはできるでしょう。

でも、彼女が今後自身の力をどう扱うかは……私の意思ではどうにもなりません。

——その気になれば、人類を滅ぼすことも可能な力。

願わくば、正しい方向に使ってほしいのですが……

——この事実をどうこの娘に伝えるか……

薄々とは「おかしいな？」と彼女も思っているふうなので、いつまでも隠し通せるものではありません。

「ともかく、私1人では手に負えませんね」

本日一番の深いため息をついて、私は古き縁がある、1柱の魔王に手紙をしたため始めたのでした。

クリスティーナ（10歳）

自身の力の自覚度　35/100 NEW

レベル	782
HP	76350/76350
MP	67890/67890
魔力	2670
筋力	2560

スキル

武芸　レベル3
化学　レベル82
農業　レベル5

未顕現スキル

???　レベル???
???　レベル???

称号

獣王を使役せし者 NEW
四天王を召喚せし者
武器の神に嫌われし者
冥府の門《アンデッド★ファクトリー》
生命を弄びし咎人《ネクロマンサー》
切望されし力の根源者《デビルリソース》
異形の呪術師
地形破壊者
神猫の首領《ドン》
転生者
万夫不当
神に背きし者
万魔狩り
核熱の破壊者

従魔

獣王ケロちゃん（かわいい）NEW
ケアル（かわいい）
玄武の幼体（未契約だが一方的に懐かれている。最終進化済み）
神猫《バステト》（最終進化済み）

21　森の湖畔の魔女伝説　その1

今、私は、アルマさんの家で基礎魔法と回復魔法の理論を学んでいる。

だけど……まあ、思うところはちょこちょこある。

っていうか、不審な点がいくつかあるんだ。

まずは、アルマさんのいないところでの魔法の実践というか……発動は禁止されていること。

まあ、そこは、修業中の身で好き勝手に魔法を使うのは危ないって説明を受けてて、納得してるんだけどさ。

それと、アルマさんの思いつめた感じは日に日に強くなってるし……

と、そんな気になることはありつつも――それはさておき。

とりあえず、ケアルちゃんとケロちゃんは仲良しこよしさんなんだ。

最近では、ケロちゃんはベッドの中で、私のお腹の上で寝るようになったりしたんだよねー。

で、その上にケアルちゃんが寝たりで、もう大変なことになったりもする。

あと、たまに更にその上にカメ吉が寝てたりする。

水槽からそのまま出てくるもんだから、最初は水浸しになってキツかったりしたんだ。

けど、カメ吉ってば人間の言葉がわかるんじゃないかってくらい賢いからね。

言い聞かせてみると、ちゃんと言うことを聞いてくるわけで、今ではちゃんと日干ししてからじゃないと寄ってこない。

それに、カメ独特の臭さも皆無だから、私としてはバッチ来いって感じだったりする。

っていうか、甲羅を日干ししてるからかはわからないけど、お日様みたいな香りがするんだ。

アゴに白いヒゲが生えてて、お爺ちゃんみたいで可愛いしね。

あ、それと最近、私の周囲に可愛い新メンバーが増えたんだよね。

スライムのスラ子ちゃんって名付けたんだけど……まあ、実際問題、男の子なのか女の子なのかは不明なんだけどさ。

馴れ初めとしては、マルケス親方のところでポーションを作ってた頃からの仲になるのかな。

で、スラ子ちゃんは、工房に住みついてたんだけど、私にくっついてきたみたい。

ん？　なんでスライムが工房に住んでいるかって？

それは、スライムといえば、錬金術や薬の工房で産業廃棄物処理担当をしているからに他ならないわけさ。

と、いうのもスライムってのは、魔力の込められた液体を好んで摂取する習性があるんだ。

なので、ポーションとか魔法合成の廃液処理担当としても使われていたりするのは、この世界では定番だったりする。

他にも魔法学院とかの研究室では、試薬代わりにも使われていたりするって、マルケス親方も言ってたかな。

で、この辺りは異世界転生のお約束を踏襲《とうしゅう》していて、スライムは摂取した魔力の属性によって進化しちゃったりするんだよね。

例えば、水色系のポーションを飲み続ければ水属性のスライムになるし、赤色系の攻撃魔法が込められたマジックアイテムを飲めば火属性スライムになったりするっていう寸法。

で、元々、工房では10匹くらいのスライムを飼ってたんだけど、スラ子ちゃんはカメ吉と一緒で体が弱かったんだ。

まあ、要は私たちは失敗系のポーションをスライムのお家に廃棄してたってことなんだよね。

けど、餌場の一番良い位置は、強いスライムたちが占拠してたって感じだったかな。

それで、このスラ子ちゃんはポーションを食べることができないから、それはもう弱りに弱っていた……と。

と、そこで出てくるのが何を隠そう、廃棄した私のポーションってことね。

私の自作のドドメ色のポーションは、いくらかは記念に自分で持ってる。

だけど、最終的にはかなりの量を作ったから、やっぱり廃棄分は出てくるわけで……

で——私の作ったポーションってすっごい臭いんだ。

それが理由かどうかはわからないんだけど、私のポーションに他のスライムたちは一切寄りつかないわけでさ。

ま、そんな感じで、最終的には我らがスラ子ちゃんが処理してくれていたんだよねー。

全然栄養摂ってなかったから最初は死にそうなほど弱々しかったんだけど、ごはんも食べられたおかげか、スラ子ちゃんは今では工房のどのスライムよりも元気いっぱいな感じになっている。

なんせ、相当な山道を、私を追いかけて1人でアルマさんの小屋に来たくらいだしね。

と、そんなわけで、ベッドで寝てると……とんでもないことになったりする。

私のお腹、その上にスラ子ちゃん、んでもってその上にケロちゃん、更にその上にケアルちゃん、最後にカメ吉……と、そんなカオスな光景が寝起きに広がっていたりするから衝撃だ。

まあ可愛いから全然良いんだけどね。

あと、スラ子ちゃんもカメ吉と一緒で、頭がすっごい良いんだ。

普通、スライムって知能はゼロだから人間の顔を一切覚えないのに、私を見るとぷるぷると嬉しそうに震えたり、飛び跳ねたりするもんね。

でも1つだけ、色がちょっと毒々しいのだけは気になるんだけど、可愛いから無問題《モウマンタイ》。

と、まあ、そんなこんなで——湖のほとりの山の中。

魔女の小屋っぽいところで、可愛い生き物たちに囲まれて、私は今、魔法を学んだりしている。

私はスローライフって意味では充実した生活を送っていたんだ。

☆　★　☆　★　☆　★

そんなある日――

私は、「シノギの上納金」と言って森で採取した木の実を持ってきたケットシーさんたちと一緒にお昼ご飯を食べていたんだ。

そこにエルフの男の人が4人訪ねてきたんだよね。

「クリスちゃん！　アルマ様っ！　アルマ様は⁉」

「どうしたんですか、血相を変えて？」

そんな私の問いかけに、エルフの4人は焦った様子でこう言ってきたんだ。

「あ、あ、アンデッドが……大量のアンデッドがエルフの村を襲ってきたんだ！」

「え……？　アンデッド⁉　大丈夫なんですか⁉」

「若い衆が総出で……どうにかこうにか退かせることはできたが、怪我人がたくさん出てる！　それで、マルケスのところのポーションだけじゃ追いつかんのだっ！」

「……え？　それってまずいじゃないですか！」

「だから、回復魔法を使えるアルマ様を呼びに来たんだよ！」

いや、でも……今はアルマさんいないしね。なんでも、古い知り合いに会いに行くとかで、遠くまで出かけてるんだ。

相当偉い人のところらしく、珍しく白いローブで正装だったし。

「ごめんなさい、今……アルマさんいないんです！　夕方には戻るって聞いてますけど！」

「なんてこった！　このままじゃ死人が出るぞ！」

さて、これはまずいぞ……と、私は息を呑んだ。

「えぇー！　あ、でもでも！　アルマさん特製のポーションの保管場所なら知ってます！　こんなこと言うのは失礼かもですけど、マルケス親方のポーションよりは遥かに効くはずです！　それと、私も……拙《つたな》いけど回復魔法を使えると思います！」

まあ、私の回復魔法は基礎なんだけどね。

でも、回復魔法ってエルフとは相性が悪くて、里には使える人は確かいなかったはず。

だったら、気休めでも良いから、私もみんなの助けになりたい。

マルケス工房のみんなにはお世話になったしね！

「そりゃあ助かるよクリスちゃん！」

「ええと、ともかくポーションですね！　確か……ここにあったはず……っ！」

で、私は物置部屋に入り込んで、ポーションの物色を始めたんだ。

「よし、あった！　ポーションありました！　あと、ええと、少しだけ待っててください！」

私はペンと紙を取り出して、アルマさんに簡単に事情を書いた手紙を残したんだ。

とにもかくにも、アルマさんがいないとどうにもできない部分も多いだろうしね。

「ってことで、行きましょう！」

そうして、ポーションの詰まった箱をケットシー長男に持ってもらって、私たちはエルフの里へと向けて走り始めたのだった。

☆　★　☆　★　☆　★

里への道すがら、ケットシーさんに背負われている私はエルフの男の人に尋ねてみた。

「でも、どうして急にアンデッドが湧いてきたんですか⁉」

「アクランド辺境公だよ」

「え⁉　どういうことなんですか⁉」

突然に義理の父の名前が出てきたので、狼狽《ろうばい》して私は尋ねてしまった。

「この森だけは意図的に除外されているのだが、この地域の魔物の発生を抑えるのが彼の家系の役目なんだ」

そういえば、義理の父は聖者とか聖女の家系って話だったね。

で、魔物発生の源泉となる魔素を抑える家系だからこそ、あの人の先祖は領主に納まったんだっけ。

それでエルフは宗教的に、アルマさんは独自の学術的に「自然の摂理を曲げた不自然な行為」は望ましくないということで、そういうことはやってない。

だからこそ、この森は魔物が出放題なんだけど――

ちなみに、一説によると、人間の住んでいる地域で定期的に魔物の大氾濫《スタンピード》とか厄災とかが出現するのには、魔素の抑制が絡んでいると言われていたりする。

「そ、それで……？」

「今までアクランド公が抑えつけていた周囲の魔素の歪みを引き受ける形で……彼はこの森に流し込んだ。そのせいでアンデッドが発生したと考えられるんだよ」

「でも、アクランド公はどうしてそんなことを⁉」

と、そこまで考えて私は首を左右に振った。

まず、前提として、アクランドの家系はアルマさんとエルフに因縁《いんねん》を持っている。

聞けば、遥か昔に何度か……向こうからの一方的な侵略行為で小競り合いをした間柄って話だね。

あと、ケットシーさんたちがこの前に義理の父を直接的にボコボコにしてるのもあって、その逆恨みってことだろう。

それはひとまず置いておいて、現在の状況を色々聞いたんだけど――

アンデッドとの戦闘の顛末《てんまつ》としては、突然にあふれ出た不死の集団に、クリフォードさん率いるエルフの戦士たちが迎撃に出たらしい。

で、途中からはケットシーさんたちが暮らしている村も含めた、森の魔獣軍団も参戦したとのこと。

まあ、元々、エルフは知能がある魔獣とは同盟を組んで共存してるからね。

そんなこんなで、ケットシーさんの里からはエリート戦士の猫又が参戦し、森のオールスターズ大集合みたいな感じで協力したようだ。

それでアンデッドはなんとかやっつけたんだけど、怪我人が多数いて、戦闘参加者の全員がエルフの里の広場で治療中とのこと。

ちなみに、ケットシーさんたちは「あっしらがいればそんなことには……」と、悔しげな様子だった。

と、まあ、走ること1時間程度、ようやく私たちはエルフの里にたどり着いたんだ。

エルフの里の広場の集会場は、即席の野戦病院みたいになっていた。

見渡す限りの怪我人で、重傷者だけでベッド代わりのゴザが埋まって、軽い怪我の人は地面に雑《ざ》魚寝《こね》って感じ。

みんな本当につらそうな顔をしていて、これは本当に壮絶な防衛戦が繰り広げられていたようだね。

幸い、死者は今のところ出てないらしいんだけど、それにしたって重傷者の中にはほっとくと命が危ない人もいるらしい。

あと、危篤状態で治る見込みもない人については……中央のテントの中で寝かされているって話だ。

「おうクリス！　こっちだこっち！」

声のする方向を見ると、マルケス工房のみんなが手分けして重傷者にポーション治療を施していた。

周囲を窺《うかが》うと、他に治療しているのはエルフの里のお医者さんっぽい人たちで、彼らは包帯を使って止血とかの応急処置をしてるようだ。

で、傷の手当てに即効性があるのはポーションなわけなんだけど……

どうしてポーションで治療してるのは、マルケスさんたちだけなんだろう？

と、そこで私は「ああ」と頷いた。

そういえば、ポーションって、薬師の心得がある者が使うと効能がかなり上がるんだったか。

で、ポーションの数も全然足りてないので、最大限に効率を上げるためにマルケスさんたちが治療していると。

「そういうことなら私にもポーションをっ！」

「クリス！　猫の手も借りてえんだ——見習いとはいえ、お前も薬師だ！　手当たり次第にいけっ！」

「はいっ！」

で、目についた重傷者のお腹の包帯を解いて、私はアルマさんのポーションを振りかけたんだけど――

「……え？」

なんていうか、ビデオの逆再生みたいに酷い傷口が見る見る塞《ふさ》がっていったんだよね。

「どういうことだクリス⁉　とんでもねえ効果だぞ⁉」

「いや、よくわかんないです」

実際、それは私の知っているポーションの効能を遥かに超えていて……

いや、今使ったのはアルマさんの作ったポーションだったからかな？

「アルマさんのポーションがすごいってことなのかもしれません」

「クリス、こっちで試してみろ」

そう言われて、マルケス工房産のポーションを、隣にいた重傷者に使ってみた。

すると、さっきほど明らかな効果はなかったんだけど、それでも一気に傷口が塞がっていったんだよ。

「なんだこりゃあ……？　ポーションの効能が何倍にもなってる感じだぞ？」

「……どういうことなんでしょうか？」

「そういえばお前、付与術のギフト持ちだよな？　その関係で薬の効果も何倍にもなってるとかじゃねーのか？」

「付与術のギフトは、武器に対してですよ？」

「と、なると……お前は薬の効能を上げるようなギフトを持っているのかもしれねーな」

うーん。

付与術に続いて、テイマーのギフト。

更にポーションの効能を上げるギフトなんて……そんなことありえるのかな？　それに——

ギフトといっても効能が何倍みたいなことは……

でも、今はそんなことを言っている場合じゃない。

「ともかく、今の状況ならこれはありがたいです！　どんどんいきましょう！」

「ああ、どんどんいこう！　おい、みんな！　ありったけのポーションをクリスに渡すんだ！」

22　森の湖畔の魔女伝説　その2

「すげえ！」

「一瞬で治ったぜ！」

「なんだこりゃ！」

重傷者がどんどん起き上がっていって、みんな目を白黒させているけど、実際問題……一番驚いているのは私だ。

っていうか、ポーションの効能って応急処置程度なはずなんだけど、みんなほとんど全快状態で、もうワケがわからない。

まあ、私にも色々と思うところはある。

けど――広場にいた重傷者が手遅れになる前に助かったので、今はそれで良しとしておこう。

でも、問題は危篤の人たちだよね。

重傷の人については、ポーションで治る見込みがあったから優先的に治療していたんだけどさ。

でも、効能とか以前の問題で……ポーションには虫の息の状態から復活させる効果はない。

っていうのも、あくまでもポーションっていうのは、怪我人自身の生命力を利用して、超回復を促すって感じの理屈なんだもん。

危篤状態で生命力自体が残ってないのに、超回復なんて促しちゃったら……それこそショックで死んじゃうってのがセオリーだ。

なので、外部から生命力を与えるっていう理屈の回復魔法じゃないと、テントの中の危篤者には手を出せない。

――だから、今はアルマさんの到着を待つしか……

いや、私も回復魔法は使えるけど、基礎だし……

基礎魔法ではさすがに危篤者を復帰させることはできないってのが常識って話だし、マルケス親方も「MPも食うし、使うなら見込みのある奴相手に使え」って言ってるし。

ああ、テントの中の人たちが滅茶苦茶心配だけど……

いや、それじゃダメだ、今は気持ちを切り替えろ！

マルケス親方も、いや、みんなも心を押し殺して、あえてテントの中の人たちのことは見ないフリをしてるんだ。

——とにもかくにも、今は重傷の人っ！

この人たちだって、ほっとけば危篤状態になるのも時間の問題かもしれないんだもんね！

なら、救える命を1つずつ、確実に救っていく。それが今の私の仕事だ！

と、そこで私は……とある重傷者を見つけて、思わず絶句したんだ。

「ああ、腕が……大変なことに……っ！」

それは、ベッドに横たわっていた猫又さんだった。

あわわ……

ものすごい方向に曲がった腕を包帯でぐるぐる巻きにして、苦しそうな顔をしているよ。

っていうか、ポーションって切り傷とかには効くんだけど、骨折系には効果薄いんだよね。

ここにいるみんなが相手をしていたのは、アンデッドナイトだと聞いてる。

アンデッドナイトの装備は剣とか槍で、実際に今まで治療した人は切り傷ばっかだったんだけど……この猫又さんは違う魔物を相手にしていたんだろうか？

私は恐る恐る尋ねる。

「どうしてそんなことになったんですか？」

「……連中の大将首──アンデッドオーガキングの巨大棍棒でグシャリって寸法よ」

なるほど、そういう事情だったんだね。

っていうか、この人ってケットシーさんたちと同じ……猫又さんなんだよね？

細マッチョのもふもふ系っていう感じで、ケットシーさんたちみたいにものすごい巨体の筋肉質って感じじゃない。

そういえば、アルマさんもケットシーさんたちを見てなんかおかしいって言ってたっけ。

でも、この人がスタンダードな猫又っていうなら、なんとなく……その意味はわかる。

まあ、今はそんなこと考えてる場合じゃないよね。

「それで、大丈夫なんですか？」

そう尋ねると、猫又さんは私ではなく、私の背後にいるケットシーさんたちを見て涙目になったんだ。

「兄貴たち……すまねえ」

「おい、何を謝っているんだよ……にゃん吉？」

あ、にゃん吉って名前だったんだ。

っていうか、ケットシーさんたちってば、この子の兄貴分なんだ……

まあ、筋肉量が違うし、見た目からしてどっちが強いかは一目瞭然なんだけど。

「本当にすまねえ、俺も兄貴たちと同じエリート……猫又だってのに、こんな怪我をしちまってな。はは、情けねえ、これじゃあ猫又のいい面汚しだぜ」

いや、とても同じ猫又とは思えない筋肉量の違いだよ。

と、そんなことを思っている私をガン無視して、ケットシー長男とにゃん吉さんの話が進んでいく。

「おい、にゃん吉よ？　テメエ、タマは取ったのか？」

「ああ、俺に怪我をさせた野郎には、キッチリと地獄を見せてやったぜ」

と、そこでケットシー長男が、にゃん吉さんの頭をワシワシと撫でたんだ。

「なら、にゃん吉、それは名誉の勲章だ。キッチリとタマを取ったならそれで良い――俺らはメンツの商売だからな」

いや、メンツの商売って……

やっぱり自分たちのイデオロギーについて、ヤクザ系というのが猫又さんたちの共通意識なんだろうか。

でも、どうしてケアルちゃん……っていうか、未進化のケットシーはあんなに可愛いのに、進化するとバイオレンスになっちゃうんだろう。

うーん。でも、アレなのかな？

やっぱり筋肉量とか体の大きさが、魔物の暴力性に関係しちゃうのかな？

ケロちゃんも今はあんなに可愛いけど、大きい時は間違いなくバイオレンス路線だったしね。

「でもよ兄貴。ウチは両親がいない家庭でよ……家にはまだ幼い弟妹のケットシーがたくさんいるんだ」

「ああ、知ってるぜ……にゃん吉」

「でも、俺はこの怪我だ」

そう言って、にゃん吉さんは怪我して包帯でグルグル巻きにされている腕を見て——遠い目をしたんだ。

「兄貴よぅ……俺のこの手はもう後遺症で使い物にならないだろう。弟や妹をこれからどうやって食わせていけば良いか……それだけが心残りでよ」

と、そこで一同に重い沈黙が訪れた。

まあ、腕は包帯グルグル巻きですごい方向に曲がってたりしてるもんね。

これは本人も言っているように、後遺症が残るような重い怪我ってことで間違いないだろう。

すると、ケットシー長男はニコリと笑ってこう言ったんだ。

「にゃん吉。お前の弟たちは……俺たちが面倒を見るから安心すりゃあ良い」

「兄貴……？」

「務めを果たした兄弟には仁義を持って返す。それが俺たち猫又の——任侠道だからよっ！」

そうして、ケットシー長男とにゃん吉さんはガッチリと抱き合ったんだ。

「やっぱり兄貴に惚れて良かったぜ！」

「里として……お前という猟師を失うのは大きな損失だが、なあに安心しろ、そこは俺たちがなんとかするから安心しやがれってことだ」

あー。

そういえばケットシーさんの里って、基本は山菜とか木の実とかを採取して暮らしてるらしいんだよね。

と、いうのも、ケットシーって種族はケアルちゃんみたいなのが基本で、猫又さんとかは例外中の例外なんだ。

だから、ケットシーってのは地上最弱の魔物って言われてるわけでね。

なので、例外的に狩猟もできるエリートの猫又さんって、実際に超貴重らしいんだよ。

当たり前だけど、動物性たんぱく質の確保ってのは生活の中で大事な部分ってことでね。

それで、それは一部のエリートしかできないわけで……

と、なってくると、ケットシーさんたちの里としても……にゃん吉さんの腕を失うのは本当に惜しいところだろう。

――ポーションでなんとかなんないかな？

かといって、ポーションは骨折系には効果は薄い。

アルマさんのポーションを使っても、ここまで酷い骨折を治せるかはわかんないし……

まあ、ここはやっぱり、アルマさんが到着後に回復魔法をかけてもらうしかない。

だけど、後遺症が残る系は時間が経てば経つほど……難しいらしいんだよね。

アルマさんが到着するのは夕方以降だし、現時点でも既に相当な時間が経過してる。

うーん。

でも、やるだけやってみるか。

ポーションは効果が薄いって話だけど、私なら回復魔法も使えるし。

まあ、基礎だから気休め程度だろうけど、それで後遺症がいくらか緩和してくれれば……

と、そこで私は、にゃん吉さんの包帯が巻かれた腕に手を伸ばしてみたんだ。

「気休めかもしれないけど、回復魔法をかけてみてもいいかな!?」

「ああ、そりゃあ構わないが……」

と、許可をもらったところで、それじゃあいってみましょうかね。

えーっと、確か回復魔法もイメージが大事なんだよね。

腕を治す……腕を治す……そんなイメージって、どんな感じなんだろ。

とりあえず、にゃん吉さんが元気になった感じをイメージしてみようかな。

ええと……ケットシーの里は猟師の人手が足りないって話だね。

だったら、元気に腕を振り回して、縦横無尽にこれまで以上に働ける感じのイメージで……

うん、そうだ。

1人で3人分くらいの力になる感じで、モリモリ働ける感じでイメージしよう！

「とりゃっ！　回復魔法《ケアイミ》っ！」

と、そこで辺り一面が白い閃光に包まれた。

そして、光が消え去ったあと……私たち全員は絶句したのだ。

「あ、あ、あ……」

と、いうのも、にゃん吉さんの背中から腕が4本生えてきてて——

「阿修羅《あしゅら》みたいになってるーーーっ!?」

で、にゃん吉さんは大きく目を見開いて、スルスルと怪我をした腕の包帯を解いたんだよね。

「すげえ！　腕が4本生えてきた——こりゃ便利だぜ！」

「すげえな、にゃん吉！　腕が4本ってお前……マジで便利そうだな！」

「ああ、兄貴——すげえ！　この腕……自在に動くぜ！」

確かに、にゃん吉さんの背中から生えてきた腕は、それぞれが別の生き物のように動いていた。

っていうか、ジャンケンまでしてるし……

「にゃん吉！　本当に自在じゃねえか！」

「おう兄貴！　これは絶対便利だぜ！　今までカチコミの時は二刀流主義だったが、これだと六刀流もできそうだぜ！」

「おう！　便利だな！　カチコミじゃなくて、狩りの時にも弓矢をたくさん持てそうだな！」

「ヤベエよ兄貴！　これってマジで便利すぎるぜ！」

と、そんなやりとりを見て、私の口から思わず声が漏れてしまった。

「えー……」

確かに便利かもしれないけど……反応するのそこなの？

いや、なんかめっちゃ笑顔だし、喜んでるなら良いけどさ。

普通、その前に驚かない？

っていうか、いきなり背中から腕が生えてきたら気持ち悪がったりしない？

だって、腕6本だよ？

――アシュ○マンスタイルだよ？

っていうか……どういうことよこれ。

私ってば、まさか回復についてもギフト持ちだったりするの？

いや……と、私はそこで首を左右に振った。

いや、いやいやいやいや。

いくらなんでも、おかしいでしょ？

私は付与術のギフト持ちで、ビーストテイマーのギフト持ちで、ポーションの効能を上げるギフト持ちで、更には回復魔法のギフト持ちってこと？

いやいやいや、いやいやいやいや。

それはもう、さすがに無理があるって。ってか、アシュ〇マンとかギフト以前の問題だって。

でも、だったらなんなの？

——私って一体なんなの⁉

と、まあ疑問は尽きないけど、それはそれ、これはこれだ。

ともかく、私が回復魔法をものすごいレベルで使えるのは間違いないみたい。

ってなると、やることは1つだ。

そうして私は、近くにいたクリフォードさんに大声でこう呼びかけたんだ。

「クリフォードさん！　危篤者のテントの中に入らせてくださいっ！　あと、他にも危篤者や重傷者がいたら片っ端からテントに連れてきてください！」

「クリスさん⁉　どういうことですか？」

「私がまとめて回復魔法を使ってみます！」

クリスティーナ（10歳）

自身の力の自覚度　35/100

レベル	782
HP	76350/76350
MP	67890/67890
魔力	2670
筋力	2560

スキル

武芸　レベル3
化学　レベル82
農業　レベル5

未顕現スキル

???　レベル???
???　レベル???

称号

獣王を使役せし者
四天王を召喚せし者
武器の神に嫌われし者
冥府の門《アンデッド★ファクトリー》
生命を弄びし咎人《ネクロマンサー》
切望されし力の根源者《デビルリソース》
異形の呪術師
地形破壊者
神猫の首領《ドン》
転生者
万夫不当
神に背きし者
万魔狩り
核熱の破壊者

従魔

猫又 NEW
EXポイズンスライム（かわいい。最終進化済み） NEW
獣王ケロちゃん（かわいい）
ケアル（かわいい）
玄武の幼体（未契約だが一方的に懐かれている。最終進化済み）
神猫《バステト》（最終進化済み）

23　森の湖畔の魔女伝説　その3

「いや、クリスさん……大魔導士様ならいざしらず……まだ貴女は見習いとも言えない段階なのでは？」

「多分ですが……いけます！　やらさせてください！」

「しかし、素人が手を出して、余計に酷い状態になっては……」

ああ、クリフォードさん！

こんなに頑固で慎重な性格だったの!?

まあ、これが彼の良いところではあるんだろうけど、それは今はいらないやつだから！

でも、えーっと、どうしよう……これは困ったな。

「おい、兄ちゃん！　にゃん吉を治したのはクリス姉さんの回復魔法だぞっ！」

ケットシーさんの剣幕に、クリフォードさんは驚いたような表情を浮かべた。

「……え？」

と、そこで、マルケス親方がポンとクリフォードさんの肩に手を置いたんだ。

「遠くから見てたが、どうやらクリスは……もう俺たちの知っているクリスじゃないみたいだ。この短期間で何が起きたかわからねーが、アルマ様の仕込みが良いってことなんだろうさ」

「でも、いくらなんでもこんな短期間で回復術師として……？」

「何が起きているかはよくわからん。が、治療は俺たちの領域だ――戦闘専門の素人は黙っててもらおうか」

「……わかりました」


と、まあ――そこからのクリフォードさんは早かった。

テントの中の危篤者が集まっているベッドまですぐに連れていってくれたんだけど……ああ、こりゃ酷い。

切られて体を欠損してる人とかがたくさん寝てて――これはもう素人目にも助からないってわかる感じで、みんながみんな虫の息だ。

最低限の応急処置は施されているみたいだけど、ポーションとかの回復薬が重傷者に回されている理由がよくわかる。

外の重傷者の容態も相当酷いと思ったけど、中のこの人たちは……それ以上にレベルが違う酷さだ。

そうして私は、一番容態が酷い人のところに迷わず歩を進める。

その人は、両手を失っていて、止血はしてるけど気絶してて、顔も青白い。

とにかく、汗でびっしょりになって……呻《うめ》きながら目を瞑《つむ》っていたんだよ。

——ああ、こりゃダメだ。

見た瞬間に命が長くなさそうなことがわかった。で、私はその人の胸に手のひらを置いてこう呟いた。

「回復魔法《ケアイミ》っ！」

今度は余計なことを考えず、ただ両手が元に戻るようなイメージ。

——これでどうよ!?

で、辺り一面が淡い緑色の光に満たされて——

気がつけば、危篤者の両手から腕がニョキっと生えてきた。

そうして、先ほどまでの呻き声が嘘のように、安らかな寝息を立て始めたんだ。

で、クリフォードさんは狼狽《うろた》えた様子で、その場に立ち尽くして絶句した。

「え？　腕が生えた……？　これは聖職者の最上級難度……完全回復《パーフェクトヒール》？」

いや、初歩魔法の回復魔法《ケアイミ》だけどね。

っていうか、やっぱり猫又さんに腕が生えてきたのは偶然じゃない。

間違いなくアレは……私がやったんだ。

——ステータスプレートの文字化けのせい？

――ギフトのせい？

――それとも、アルマさんがいつの間にか私にすごい力を授けてくれていた？

考えてもわからない。

いや、今は考えてる場合じゃない。

私は人を救うことができる。だったら――

「次ですっ！　次に死にそうな人は誰ですか⁉」

と、そこでクリフォードさんは気持ちを切り替えたとばかりに、強い意思を感じさせる瞳ですぐに頷いたんだ。

「こちらですクリスさん！　今、生死を彷徨っているのは15人程度――しかし、危篤からの回復魔法のＭＰ消耗は激しいはず……いけますか⁉」

「やれるとこまで、やってみます！」


「すごい……っ！　潰された片目が……見える！　見えるぞ！」

「手首の腱《けん》が切られたってのに、動く……っ！　手が動く！　どうなってやがるんだ⁉」

「ははっ……なんてこった……持病の喘息《ぜんそく》まで治りやがった。こんな回復魔法は聞いたことがねえ」

「ありがてえ……」

「奇跡だ……神の奇跡だ……」

死にかけていた人が次々とベッドから起き上がり、続々と涙を浮かべて地面に膝をついて私に頭を下げてくる。

いや、もう完全にワケがわからない状態だけど、まだ……終わってない。

死にそうな人は他にもたくさんいるし、そうでなくても怪我で苦しんでる人もたくさんいる。

「次の人っ！」

☆　★　☆　★　☆　★

で――

最終的に回復魔法をかけたのは30人程度だろうか。

既に危篤者全員に回復魔法をかけ終わっているし、重傷者もポーションで回復してる。

なので、今はテントの外に出て、命に別状がない怪我人の治療をする段階となっているわけだ。

それで、いつの間にか私の周囲には、救った人たちと野次馬で人垣ができていたんだよね。

と、そこで、クリフォードさんが周囲に大きな声でこう語りかけた。

「皆さん、道を開けてください！　まだ怪我人はたくさんいますからっ！」

その言葉で、まるでモーゼの十戒《じっかい》……海が割れるように人垣が分かれて道ができた。

「おいクリフォード！　クリスも疲れてんじゃねえのか!?　これだけの重傷者を救ったんだ。残りは命に別状がない奴ばかり……少しは休憩してもらったらどうだ？」

「マルケスさん。クリスさんの希望ですから」

「いや、俺はこの子がMP枯渇で倒れてしまうほうが心配だ」

と、そこでクリフォードさんは「あっ」と大口を開いて、心配そうに私に尋ねてきた。

「怪我人のことばかりで、確かにクリスさんの状態を考えていませんでした。これだけの大回復魔法の連発……MP枯渇は大丈夫ですか？」

MPが枯渇すると、初期症状として軽い頭痛が表れるとアルマさんから習っている。

症状が進めば嘔吐《おうと》と悪寒《おかん》、更に進行すれば酷い場合は数日寝込むこともあるという。

けど、今のところは私にはそんな兆候は一切ない。

「大丈夫です！　今はまだMP枯渇は心配しなくて良いです！　怪我の酷い人から順番に片っ端からいきましょう！」

「いや……本当に？　本当の本当にですか？　一流の癒し手でも重傷者を数人も治せばMP枯渇になります。痩せ我慢は良くないですよ？」

「いけます！　やります！　やらせてください！」

と、そこで周囲の人たちにどよめきが走った。

「……神の御使《みつか》いだ」

「大魔導士アルマ様が……救いの御手をお育てになられた……」

「無尽蔵のＭＰ……？　まるで伝説上の癒し手を見ている気分だ……」

口々にそんなことを言いながら、みんなが膝をついて……中には涙まで流している人もいる。

で、マルケス工房のみんなはただただ驚くばかりで、っていうか、私が一番ビックリだ。

「と、ともかく！　次の怪我人をっ！」

そして、結局、それから50人近い人数に回復魔法をかけたんだけど――

――私のＭＰが枯渇する気配は一切なかった。

クリスティーナ（10歳）

自身の力の自覚度　95/100 NEW

レベル	782
HP	76350/76350
MP	67890/67890
魔力	2670
筋力	2560

スキル

武芸　レベル3
化学　レベル82
農業　レベル5

未顕現スキル

???　レベル???
???　レベル???

称号

獣王を使役せし者
四天王を召喚せし者
武器の神に嫌われし者
冥府の門《アンデッド★ファクトリー》
生命を弄びし咎人《ネクロマンサー》
切望されし力の根源者《デビルリソース》
異形の呪術師
地形破壊者
神猫の首領《ドン》
転生者
万夫不当
神に背きし者
万魔狩り
核熱の破壊者

従魔

猫又
EXポイズンスライム（かわいい。最終進化済み）
獣王ケロちゃん（かわいい）
ケアル（かわいい）
玄武の幼体（未契約だが一方的に懐かれている。最終進化済み）
神猫《バステト》（最終進化済み）

24　森の湖畔の魔女伝説　その4

一段落ついて、ようやく私は広場のベンチに腰を落ち着けることができた。

私を取り囲んでいた大勢のギャラリーも、クリフォードさんやケットシーさんたちが散らしてくれたって感じ。

そのおかげで、やっとゆっくりできるってもんで、「ほっ」と一息。

と、そんな感じで――

今この広場には、エルフの自警団とか、森の魔獣のお偉いさんしかいない状態となっている。

あ、ちなみにケットシーさんたちは自分たちを「エラい人」認定しているらしく、当然のように私の横にいるんだけどね。

まあ、実際にケットシーの里ではトップクラスなのは間違いないんだろうけど。

と、それはさておき。

しかし……私としても、色んなことが起きすぎて、今は少し頭の整理がしたいってところだ。

で、色々考えていると、広場に落ちていた拳大の石が視界に入ったんだよね。

「ひょっとして……」

そう呟いて、私は石を拾って、試しにギュッと力を込めてみた。すると、サラサラという音と共に――

――砂が手のひらからこぼれ落ちていったんだ。

ああ、やっぱりそうだ。

小石を粉砕、とかそういうのを想像してたんだけど、どうやらこれはそういうレベルじゃないみたい。

――しかし、10歳になるまで気づかないとかある？

まあ、確かに帝国にいた頃は箱入り娘で育ってきて、スプーンとフォーク以上に重いものは持ったことがなかったけどさ。

だから、気づくのが遅れたってのもあるんだろうけど……それにしたって……

「でも、そうなると……」

と、そこで、周囲がにわかに騒がしくなってきたんだ。

「クリフォード様！　アンデッドの大群です！」

「なんですって!?　先ほど確かに全滅させたはずですよ!?」

「しかも、物見の者によると――さっきの20倍程度の規模であると！」

「20倍っ!?」

クリフォードさんの悲鳴のような声を聞いて、周囲の人たちの顔に絶望の色が浮かんだ。

で、私の横にいるケットシーさんは「待ってました！」とばかりに拳をゴキゴキ鳴らし始めたんだんだよ。

「姉御！　ようやくあっしらの出番でやす！」

「クリス姉さん！　アタイたちに出撃の号令を！」

「せや！　にゃん吉を痛い目に遭わした輩――１００倍返しやで！」

「さあ、出撃だよっ！　僕の雄姿を見るが良い、セニョリータたちっ！」

まあ、そんな感じでケットシーさんたちはノリノリだ。

でも――と、私は手のひらでケットシーさんたちを制した。

「多分、大丈夫だから」

「……姉御？」

そうして私は、クリフォードさんのところまで歩いていって、「お塩を少々いただけますか？」と声をかけたのだ。

☆★☆★☆★

広場では、偉い人たちが半ば悲鳴のような大声で話をしていた。

「さっきの20倍規模のアンデッドだと!?　大氾濫《スタンピード》……モンスターパレードでも起こそうとしているのか、アクランド公は！」

「いや、その規模であれば、既に不死者の大氾濫《スタンピード》は起きていると言っても過言では――」

「そんなことはありえんっ！　我らを巻き込むのはわかる。しかし……あふれ出たアンデッドたちは森を出て……アクランド公の領土まで被害が及ぶではないか！」

「報告です！　まだ仕掛けてはきませんが、更なるアンデッドが……」

「ええい、もう――なんだというのだっ！　アクランド公は何を考えているっ！」

そんな感じで広場を包んでいるのは、怒声と絶望と恐怖の感情だった。

良くないね……と思いながら、塩を受け取った私はクリフォードさんにこう尋ねたんだ。

「……クリフォードさん？　アンデッドが展開しているのは、村の周辺なんですよね？」

「ええ、クリスさん。正確に言えば、里の外柵と内柵の間……畑の部分ですね」

内柵――エルフの里の居住部分は強固な柵で覆われている。

そして、居住部分の外側にある畑全体を、簡易な外柵で覆う構造になっているんだよね。

ちなみに、前回のアンデッド襲撃は外柵の中――つまりは畑で行われたということだ。

死者は出てないんだけど、農作業小屋とか他の施設は……それはそれは滅茶苦茶に破壊されたらしい。

と、それは一旦置いといて、今はさっきまでの戦場っていうか、畑にとんでもない数のアンデッドが蠢《うごめ》いている状況みたいだね。

で――

しばらくの間、私はエルフの里に住んでいたから、地理条件はよく知っている。

居住部分の規模は、ザクっと半径５００メートルくらいってところかな。

そんでもって、畑全体を含めたエルフの里は、ザクっと半径5キロ程度って感じ。

と、そこまで状況を整理して、私は小さく頷いたんだ。

「クリフォードさん。広範囲浄化魔法――この場に聖域を発生させようと思います」

「聖域⁉　それって塩を使った結界ってことですか？」

「ええ、ひょっとしたらイケるかもっていうレベルなんですけど……戦闘に入る前にやらせてください」

すると、クリフォードさんはアゴに手をやり、何やら思案し始めた。

「確かにクリスさんは先ほど、驚異的な回復魔法を見せました。聖魔法の使い手として恐ろしく優秀であるとは思いますが……しかし、塩で聖域を作るとは、つまりはアレをやるということですよね？」

「はい。クリフォードさんの思っている通りの魔法ですね」

現在、私は広場の中心に立っている。

で、私は地面に描かれた半径3メートル程度のサークルの中――魔法陣の上に立っているんだ。

そして、東西南北の頂点部分に塩が盛られている……と、そんな感じになっている。

「でも、それって気休めにしかならない、お呪《まじな》いのアレですよね？」

「そうなりますね」

クリフォードさんの言葉通り、これは魔法とか結界とか……そんな大それたものじゃないんだ。

射程距離は半径２００メートル圏内。

効力としては、弱い悪霊をこちらに近寄りにくくする程度のもの。

その威力のほどは、例えば相手が虫だと仮定しよう。

それは虫の嫌がる臭いを出すとか……まあ、そのままの意味でそういうレベルの効果しかないらしい。

相手が意思を持って、家とか屋敷とか集落の中に入ってこようとした場合は、なんの妨げにもならない……と。

ちなみに、これは義理の父の家にいた時に、なんとなくやり方だけを覚えた魔法だ。

と、いうのも、最初は私も「聖者の家系」の一員となって、一緒に暮らすような将来のルートもあったわけだよね。

だから、一応は初歩から学んでおこうと……そんな感じで習得していたものなんだ。

まあ、当時は魔力を魔法陣に流すとか、魔法のイメージとかが全然わからなかったんだよ。

だから、あの時は発動まではできなかった。

けれど……アルマさんから基礎を学び始めた今ならできる。

「でも、クリスさん？　そんなお呪い程度の魔法陣で、大丈夫なのですか？」

「まあ、試すだけならタダですから」

「……それは確かにそうですね」

これからの激戦を予想してか、儚《はかな》く笑うクリフォードさん。

そんな彼に向け、私は小さく頷き、魔法陣に魔力を流し始めた。

で、私としては、なんとなくイケちゃうんじゃないかって思っていたのにはちゃんと理由がある。

この魔法のミソなんだけど、実はこの魔法っていうか、聖域結界ってちょっと変わった性質があるんだよね。

と、いうのも、この聖域結界ってのは、効果範囲と効力が、ＭＰと魔力に依存する部分が大きい術式なんだ。

――魔法の効力は、イメージ効果が大きく左右する。

――詳細にイメージしろ、不死者を浄化するイメージを。

――そう、アンデッドを優しく包み込み、浄化するイメージ。

――天使が悪霊を癒し、そして説き伏せる……そんなイメージ。

――そうして、アンデッドは、安らかな気持ちで天国に送られて心の平穏を得る。

そこまでイメージして、私はポツリとこう呟いた。

「――極小聖域《セイクリッド・ソルト》」

そして――見渡す限りの辺り一面が、白の閃光に包まれた。

「なんですか……これは……？」

気づけば、周囲には無数の銀の粒子が舞っていて、その範囲は……本当に見渡す限りのすべてとしか表現ができない。

「クリスさん？　これ……森のすべてを包んでるんじゃないですか？」

「……と、なると、半径100キロってところですか。なるほど……そうなっちゃうんですよね」

「しかし、これはすごいですっ！　こんな規模の高位聖域結界なんて、今まで見たことも聞いたことも……これも先ほどの回復魔法と同じく、アルマ様から教わった秘術ですか？」

いや、違う。

これは正真正銘、見習いの聖者や聖女が使うレベルの……ただの気休めのお呪いだ。

と、そこで、広場の外から早馬に乗った人がやってきて、私たちの耳にこんな言葉を届けたんだ。

「物見から伝令――っ！　謎の光により……展開するアンデッドのすべてが消失しましたっ！」

つまり、効果は半径100キロ。

効力はすべてのアンデッドの浄化。

ああ、そうか。

やっぱりそうか……そうなのか。

と、私は大きく頷き、確信した。

まあ、実際問題、今まで色々とおかしいことだらけだったもんね。

――ケットシーさんたちが従魔となった瞬間にムキムキになったこと。

――ポーションのドドメ色現象。

――死んだはずのカメ吉の復活。

他にも、そうだとわかってしまえば思い当たるフシがありすぎる。

ええと、聖域の効力は……魔法陣さえ崩さなければ、半永久的って感じだったかな。

と、なると、私の仕事はここにはもうないだろう。

「クリフォードさん――危機が去ったのであれば、私はアルマさんの小屋に戻ろうと思います」

「湖畔の小屋……ですか？」

「ええ……アルマさんにお話があるのでね」

それだけ言うと私は、念のために里の護衛としてケットシーさんたちを残し、湖畔の小屋へ向けて走り始めた。

そして――

森の中で、線が細くて白髪の……赤い瞳で黒い服を着ているイケメンさんに出会ったのだった。

☆　★　☆　★　☆　★

私は魔王ギュスターヴ。

吸血鬼の真祖にして、王である。

12柱いる魔王の中でも第3階梯《かいてい》の座に御しており、今はアルマからの呼び出しを受けて大森林を1人歩いているわけだ。

しかし、アルマは私のことをなんだと思っているのだろうか。

かつて、私が奴にボコボコにされてからというもの、人をまるで使い魔か小間使いか何かのように……

しかも、今回は世界の一大事だと？

アルマの手紙にはそれだけしか書かれておらず……とにかく「お忍びで1人で来い」という話になっている。

お忍びでの話は今までも色々とあったが、しかし、奴が世界の一大事と評するとは……はたして、何が起きているのか。

と、その時——私は巨大な魔力の奔流《ほんりゅう》を感じ、エルフの里の方角に視線をやった。

その方向から発生したのは、凶悪と表現しても差し支えのない、聖なる魔力だった。

見る間にこちら……いや、森全体に広がっていくのはまるで津波のような……これは浄化魔法？

いや、結界か？

ともかく、不死属性を持つ私にとって、この直撃を受けるのはまずい。


「――闇の黒衣《ダークネス・プロテクト》っ！」


発動した闇の防御魔法が光の魔力を相殺する。

「しかし、今のは……危なかった」

闇の黒衣による浄化力減衰がなければ、私ですらも消滅しかねないほどの強烈な魔力だ。

と、そこで私はフラリと道端の大岩に腰を下ろした。

「なんだこれは……？　尋常ではないぞ？」

確かに、闇の黒衣で浄化力は減衰させている。

しかし、減衰しきれていない聖の魔力が……確かに私の体を蝕《むしば》んでいた。

動悸《どうき》と息切れ、そして眩暈《めまい》――とても立ってはいられない。

「とりあえずはここで休憩し、この聖の魔力をなんとかしなければ……」


呼吸と全身の魔力を整える。

そして、身を包む闇の黒衣の魔術式を改良していく。

ふむ……この聖なる魔力の癖も大体わかってきたな。

先ほどからの度重なる改良がようやく実を結び、少しずつではあるが体も楽になってきた。

「……良し」

この分なら、もう少しで歩き回る程度のことならできるだろう。

しかし、この聖域魔法は一体……何なのだ？

最初は悪戯《いたずら》好きのアルマからの、新魔法の試し撃ちの嫌がらせかとも思った。

が、さすがの奴とはいえ、この威力の結界で森全体を包むなど……あまりにもバカげた話だ。

と、そんなことを考えていると、私に銀髪の美しい少女が声をかけてきたのだ。

「だ、大丈夫ですか？」

年の頃なら10歳前後……というところか。

まさに天使としか表現できないような、そんな造形の少女だった。

「あ、申し遅れました。私の名前はクリスと言います。しかし……大丈夫ですか？　真っ青で……

大変な顔色をしてらっしゃいますが」

「いや、少し気分が……悪くてね。私の名前はギュスターヴだ」

私がそう言うと同時、少女は深く深くぺこりと頭を下げてきた。

なるほど、最近のエルフの里の子供にしては珍しい。

ちゃんと礼儀がなっているようだ。

「ご気分が悪い……それは大変ですね」

「なあに、少し休憩すれば大丈夫さ」

と、そこでクリスは「あ、そうだ」と呟いて、ポンと手のひらを叩いた。

「私、回復魔法を使えるみたいなんです。心配ですので使っても構いませんか？」

良い子だな……と、私は思う。

どうやら、本当に私のことを気遣って声をかけてくれたようだ。

お辞儀して挨拶もできるし、笑顔も可愛いし……うん……素直に好感が持てる。

しかし、少女よ……できれば回復魔法は勘弁してもらいたいのだがな。

と、私は喉まで出かかった言葉を押し殺しながら苦笑する。

そう、回復魔法は不死の体にとっては毒なのだ。

心配してくれる気持ちはありがたい。

が、できれば回復魔法はやめてもらいたい。

とはいえ――私はこの場にはお忍びで来ているわけなのだ。

吸血鬼であるだとか、アンデッドであるだとか……そういうことを回復魔法を断る理由にするのは良くないだろう。

アルマの耳に入れば、あとでどのような小言を言われるか……

——まあ、どうせ子供の回復魔法か。

そんなものでは、いかに弱り気味であるとはいえ、さすがに私にダメージを通すことができるわけがない。

おそらく、ちょっと電気が走った感じで、ビリってするくらいだろうしな。

「お願いするよ、お嬢さん」

私がそう言うと、クリスはニコリと笑い、私の手を握った。

そして私はクリスに礼を伝えようとして——

「ありがとうクリス、お礼を言わせてもらお——あばばばばばばばばばばばばばばば！」

そのまま白目を剝いて、倒れ込んでしまったのだった。

25　魔王、魔女、そして、私は事実に気づく　その1

さ、さ、さっきの人はなんだったんだろう？

白髪のものすごいイケメンさんだったけど……何か疲れてるみたいだったから回復魔法をかけてあげたら、いきなり——

——あばばばばばばばばばばばって……

うーん。

私の魔力制御が滅茶苦茶なのはアルマさんにも言われてるし、実際その自覚もある。

その関係で、ちょっと変な感じになっちゃったとか？

リベンジとばかりに「もう一度やりましょうか？」って言ったら、全力で拒否されちゃったんだよ。

それで、あの人「大丈夫大丈夫、少し休んだら治るから、もう私のことはほっといてくれ……」とか言ってたんだよね。

実際に少し様子を見たら、ちょっと回復した感じだったし。

それと、「正体不明の毒が原因だから、回復魔法の効き目が薄いだろうから」ってね。

で、こっちも急いでるしってことで、お言葉に甘えて置いてきちゃったんだけど……本当の本当に大丈夫だったんだろうか。

だって、回復魔法って一応は毒にも効くはずなんだよ。

あくまでも原因を取り除けてないってだけで、体力は絶対回復するはずなんだよねー。

だったら、何度も重ねがけして、体力だけでも全回復させておくべきだったかなぁ……とか、んなこと思っちゃったり。

いや、でもなー。

私ってば、もう、アルマさんの小屋の近くまで来てるしね。

今更引き返しても移動されてたらどうにもなんないし、置いてきちゃったことを悔やんでも仕方ない。

「ともかく、いよいよだね」

森の道も途切れて、開けたところに出た。

広がる視界には、湖畔にポツンと佇む魔女の小屋。

そして、私は走ることをやめ、ゆっくりとした足取りでドアノブに手をかけたのだった。

☆　★　☆　★　☆　★

小屋のリビングで、私とアルマさんはテーブルを挟んで向き合う形になった。

で、簡単に事情を説明したんだけど、そこでアルマさんはなんとも言えない表情を浮かべたんだ。

「そうですか――気づいてしまいましたか、クリス」

「……はい。おそらくは……私は強いと」

と、そこでアルマさんは神妙な面持ちになった。

「それで貴女、どこまで自覚があるのでしょうか？」

「ええと、とりあえず筋力がすごいというのと、魔力がすごいみたいですね」

「ふーむ……すごい……ですか」

アルマさんはスッと立ち上がると、暖炉の近くに備蓄している木炭を手に取った。

そして、そのまま私に木炭を手渡してきたんだ。

「木炭？」

「クリス、思いっきり握ってください」

「え？　突然どうしてですか？」

「良いから、握ってみてください――思いっきりね」

「あ、はい……わかりました」

言われた通りに木炭を握り込む。

思いっきり力を込めて、握り込んで握り込んで握り込んで――そして、手のひらを上に向けて開いてみた。

「……これは？」

はたして、私の手のひらの上には……キラキラと光る石が乗っていたんだ。

え？　何これ？　意味わかんないんだけど？

さっきまで私、黒い木炭を握ってたよね？　それがなんで……どうして白くて透明でキラキラ光った石が……

これってひょっとして、知らない間に魔法とか錬金術が発動してたとか、そんな感じ？

って、この石……何か見たことある……うん、見覚えあるよ？

「アルマさん？　これは？　この石は？」

「そう、ダイヤモンドです」

「ダイヤモンド？」

「ええ、元々はダイヤモンドの組成って……炭と同じなのです。したがって、尋常ならざる高圧をかければ人工的にダイヤモンドを作ることができるのです」

「えーーーーーーーーっ⁉」

いや、理屈はわかる。

っていうか、炭素原子って大元は同じで、分子とかのレベルで構造を変えたものが、炭だったりダイヤモンドだってのは知ってる。

で、圧力変えたらそうなるのも知ってる。けどさ、でも――

――それって現代の工場とか実験室でやるやつでしょ？

それと……握力だけでってこと⁉

私、筋力だけで炭素の分子構造を変えちゃったってことなの⁉

「えー……」

せめて、せめて……異常な能力が……魔法とかだったら救いはあった。

だって、私って女の子だよ？

魔法だけなら、魔法少女とかそんな感じでまあ……救いはあった。

そうなんだよ、私……ゴリラじゃないんだよ？

ってか、いや、もう……そんなの……ゴリラとかの筋力通り越してるじゃん。

私ってば人間工場になってるじゃん。

いや、本当に……握力でダイヤモンドって……範○勇次郎さんじゃないんだからさ。

と、あわわ……とばかりに、衝撃のあまり私はダイヤモンドを床に落としちゃったんだ。

けど、コトリと鳴った音は……炭とかの音じゃなくて……きっちり硬質なものだったわけで。

「クリス……少し外に出ましょうか？」

「は、は……はい……」


そうして、私はアルマさんに連れられて、湖の淵に立たされたんだけど——

「湖に向けて、思いっきり氷の魔法を撃ってください」

「え？　でも、そんなの今までもやってましたよね？」

「今までは、実は術式発動前に……私の魔法阻害で、クリスの魔法威力の大部分を消していたのですよ」

「……なるほど」

「もうこうなったら……まずはありのままの真実を知ってもらうしかないのです」

「わ、わ……わかりました」

で、私はアルマさんに教えてもらった基礎魔法で氷結魔法を放ってみたんだ。すると、春の夕暮れに微かに波打つ穏やかな湖が——

——なんということでしょう。瞬時に真冬のシベリアのバイカル湖みたいにカチンコチンになったのです。


っていうか、寒い。

春だっていうのに、めっちゃ寒い……うう、何これ？　何が起きてるの？

「アルマさん……念のための確認ですが、基礎魔法でこんなことって……できませんよね？」

「基礎魔法ではこんなことは当然できません。しかし、クリス……根本的に貴女の認識は間違っています」

「認識の間違い？」

「驚かないで聞いてくださいね？」

「いや、握力だけでダイヤモンド作らされたあとだったら、大抵のことでは動じませんよ」

と、そこでアルマさんはペコリと頭を下げた。

「今まで嘘ついててごめんなさい。貴女に基礎魔法と偽って教えていたのは生活魔法です。これは子供でも使える氷魔法で――夏にかき氷とか作ってみんなで盛り上がるやつです」

「えーーーーーーーっ⁉」

湖を凍結させた魔法が……かき氷とかを作るのが主な用途の……生活魔法？

ヘナヘナと、私は思わずその場で倒れ込みそうになる。

と、その時――

「うおおおお！　姉御！　すげえ！」

「さすがはクリス姉さんだ！」

「ワイらの大将は――やっぱり一味違うで！」

「ふふ、クリス嬢はまったく……いつだって僕たちをサプライズさせてくれるね」

私は突然現れたケットシーさんたちに、羨望の眼差しを向けられたんだ。

「ねえちゃー！　ねえちゃすごいですー！」

あ、ケアルちゃんもいたんだね。

「かっくいーですよ！　ねえちゃかっくいーですよ！」

「ふぉおおお！」とばかりにケアルちゃんも興奮してる様子だし、相方のケロちゃんも「ワンっ！」と尻尾を振って、私に服従のポーズを取っている。

あと、カメ吉を頭に乗せた、スライムのスラ子ちゃんも嬉しそうにぷるぷる震えてるね。

「……つまりクリス……貴女はそういう力の持ち主なのです」

「ちなみにこれは……アルマさんが私に授けたとかですか？」

「自身を超える力を授ける力など、私にはありません。ここに来るずっと前……おそらくは、生まれた時から貴女は人類最強です」

あわわ……人類最強って……

——淀みも迷いもなく断言されちゃったよ。

良いんだよ、アルマさん？

もうちょっと言い淀んだり、歯切れ悪かったりしても良いんだよ？

そんな断言しなくても……良いんだよ？

ともかく、ただただ私は口をパクパクとさせることしかできない。

と、その時——

「アルマ……世界の……一大事とは……一体……？」

ん？　さっきの白髪のイケメンの男の人がこっちにやってきたよ。

でも、なんだかフラフラで……足取りもおぼつかないみたい。

あ、見た感じ……あの人、目もよく見えてない感じだね……

いけない！　石につまずいてコケて、地面に倒れちゃったよ！

――やっぱり回復魔法が足りてなかったんだ！

そう思い、私は急いで白髪の男の人に駆け寄って――

「回復魔法《ケアイミ》！」

「君はさっきの少女――あばばばばばばばばばばばばば！」

で、アルマさんが慌てた様子でこっちに走ってきて、私の手をイケメンさんから引きはがしたんだ。

「クリス！　この男は吸血鬼なのです！」

「なら……回復魔法は？」

「そう、逆効果なのです」

「ご、ご、ごめんなさーい！」

と、私は超マッハで白髪の男の人に頭を下げる。

いや、知らぬこととはいえ、ダメージ与えちゃったからね。

「それとクリス……貴女が大ダメージを与えたこの男は、ただの吸血鬼ではありません」

「と、おっしゃいますと？」

「――魔王なのです」

神妙な面持ちでそう言ったアルマさんの言葉の意味するところを考える。

マオウ……マオウ……魔……王。

――魔王。

ああ、そうか、マオウって魔王のことなんだね。一瞬なんのことだかわからなかったけど、魔王ってことなら納得って――

「えーーーーーっ⁉」

そうして、本日一番の私の叫び声が湖畔に響き渡ったのだった。

26　魔王、魔女、そして、私は事実に気づく　その2

「ええとアルマ。質問しても良いかな？」

「はいどうぞ、ギュスターヴさん」

小屋のリビングのテーブルには、魔王ギュスターヴさんとアルマさんが並んで座っている。

で、私が反対側に座ってて、横の椅子には、ケアルちゃんとケロちゃんとスラ子ちゃんとカメ吉の――小さい組さんたちがまとめて乗っかってる感じ。

ケットシーさんたちはデカすぎて座れないから、私の後ろで仁王立ちって感じだね。

ってか、この家って天井高いんだけど、こういった巨人系をゲストとして迎えることも想定されてるんだろうね。

アルマさんって本当に有名な魔術師さんっていうか、魔女さんで顔も広いみたいだし。

「アルマよ、こちらの犬は……私にはケルベロスに見えるのだが？」

「そう、魔王序列第４位……獣神ホワイトライガーの四天王ですね」

「……そうか、ホワイトライガーは……部下が他の誰かにつくのを何よりも嫌がるからな。配下の引き抜きの関係で……昔に戦争が起きたこともある」

「有名な話ですね」

「で、私には……この亀は玄武に見えるのだが？」

「ええ、間違いなく四聖獣の玄武ですね」

「……そうか。四聖獣といえば、仙人界の守護獣というか、シンボルというか、象徴的存在のアレで良いんだよな？」

「そうですね——仙人界では四聖獣は特別な存在です。その昔、どこぞの人間の皇帝が恫喝《どうかつ》され、後宮で祭られていた玄武を……無理やりに仙人界に強制送還させたこともあるのだとか」

「で、アルマ？　私には……こちらのスライムは——エクストリームポイズンスライムに見えるのだが？」

「ええ、現在は魔界でも大厄災指定の毒物です。研究目的の所有ですら……魔王でも禁じられていますね」

「……そうか」

「そうですね」

「それと——アルマ？」

そうしてギュスターヴさんは、ケットシーさんたちに視線を移した。

「こちらの神猫《バステト》は……何故か普通の2倍マシくらいの巨体に見えるのだが？」

「戦闘中にクリスが応援しただけでこうなりましたね」

「……そうか、応援しただけでそうなったのか」

「そうなんですよ」

「はは、それはそれは……」

「ええ……そんな感じなんです」

「あと、このダイヤモンドは？」

「クリスに木炭を思いっきり握らせたところこうなりました」

「……そうか。そういえばそんな話……魔界の御伽噺《おとぎばなし》に出てくる伝説の魔神の話で聞いたことあるな」

「はい。有名な伝説らしいですね」

「……」

「……」

「……」

「……」

「……それじゃあ、これで私は帰らせてもらおうかな」

スッと立ち上がり、そのままドアへ向かおうとするギュスターヴさん。

アルマさんは瞬間移動魔法でドアの前に立ちはだかり、両手を広げて大きな声でこう言った。

「逃げないでください！　ギュスターヴさん！」

「面倒すぎるだろ――この案件！」

「だから、私1人では手に負えないと言っているのです！」

「武力的に――神猫の強化型4体だけで、もう私とアルマの手に負えないだろうっ！　一対一でやってどうにかこうにかだっ！」

「情けないことをっ！　貴方、それでも魔王ですか⁉　序列3位なのですか⁉」

「こんな神猫見たことないもん！　こんなの実在するとか考えられんもん！　何なんその胸板⁉　筋肉ありえんやん！」

「今、見てるじゃないですか！　実在してるじゃないですか！　っていうか、貴方――驚きすぎて方言出てますよ！」

「こ、これは失礼。ともかくだ、飼ってるペットからしてややこしすぎるだろうに!?」

「だから、貴方を呼んだのではありませんかっ！」

「魔窟《まくつ》かここはっ!?　それともアレか!?　地獄か!?　ここは人間界にあふれ出た地獄なのか!?」

「人の家のことを……地獄とは何事ですっ！」

うわぁ……ケンカが始まっちゃったよ。

っていうか、話から察するに、私だけじゃなくて……他のみんなもヤバいシロモノだったみたいだね。

特にケットシーさんたちについては、魔王級の実力者ってことらしいし。

「で、でもアルマさん？」

「ん？　どうしたのですクリス？」

「あの……結局のところ、私はこれからどうすれば良いんです？　こうして自分の力にも気づいちゃったわけだし……」

そう尋ねると、アルマさんはしばし何やら考え込む。

「それはね、クリス――」

そうして、私はアルマさんから「とある宿題」を受け取ることになったのだ。

27　娘がスローライフをするようなので、義理の父にブチ切れした皇帝陛下がアップを始めたようです　その1

それから2週間——

私は、エルフの里の復旧工事を手伝っていた。

いやあ、アンデッド襲撃事件で滅茶苦茶になってるから、本当に大変なんだ。

まあ、居住部分がノーダメージなのが救いなんだけど、畑の作業小屋とかは酷いことになっちゃってるんだよねー。

で、畑自体は踏み荒らされちゃってるんだけど……作物はギリギリで収穫可能ってことで、そこは一安心なんだけどさ。

「クリスちゃん、材木の補充お願いっ！」

「はーい！」

と、オーダーを受けたので、私もいつものように対応する。

「よっこいしょ」

10メートルくらいの大木をズボッと引っこ抜いて、そのまま職人さんたちのところに運んでいくわけだね。

「さすがだねえクリスちゃん」

「あはは……」

「しかし、アルマさん特製の身体能力強化は半端じゃねえなあ……オマケに、クリスちゃんは魔法ものすごいんだってな？」

「制御が滅茶苦茶だから、あんまり使うなって言われてますけどね」

「しかし、その年齢で魔法改造強化を受けまくるなんて……どうして、そんなに強くなりたかったんだい？」

「まあ、色々ありまして……」

いや、まあ……そういうことになっているわけだ。

つまり、私は対外的には……仮面ラ○ダーというか、アルマさんに魔術的肉体改造を施された人造人間みたいな設定になっていて、10メートルの大木なんて余裕で運べるのだ。

言い訳は色々考えたんだよ。

でも、修業を受けて強くなったにしても、短期間すぎて無理があるし、生まれた時から滅茶苦茶強いって本当のこと言っても、もっと無理があるしねー。

「でもねリチャードさん。実際問題……ちょっとやりすぎですよね。だって、この筋力じゃ困っちゃいますよ」

「え？　その筋力にはみんな助かってるよ？　なんせクリスちゃんのおかげで工期の短縮もものすごいことになってるしな」

「いや、乙女《おとめ》的にはまずいです。だって……ゴリラどころの騒ぎじゃないですから」

と、そこで職人のリチャードさんはニヤリと笑って、私の肩をヒジでちょんちょんと突いてきた。

「お、クリスちゃんも男を意識する年頃かい？　でも、恋人作ったりするのは……10歳じゃちょっと早いんじゃねーかな？」

「もう、変なこと言わないでくださいよ、リチャードさんっ！　あくまでもイメージ的なものというか、たとえの話です！」

「ああ、そりゃあすまんかった。その年頃だと、男の話するだけでも恥ずかしいもんな」

と、「ガハハ」と笑うリチャードさんに、私も思わず笑ってしまった。

まあ、こんな体だとわかってても、ちゃんと女の子扱いされてるのは本当に救いなんだけども。

っていうか、実際問題、当初私は「癒し手様」とか言われて……神様みたいな扱いだったんだよね。

けど、ちょっと時間が経った今では、みんな前みたいに気さくに接してくれるから、そこは本当に助かってる。と、そこで——

「おいおい、リチャード。ウチの工房のクリスに変なこと言うもんじゃないぜ？　困ってるじゃねーか」

「あ、マルケスさん！　おはようございます」

「おう、おはようクリス」

マルケスさんは私と会うや否や、いつも通りにニカリと笑って頭をワシワシやってきた。

「相変わらずクリスはちんちくりんだなぁ」

「ってか、マルケスよ……クリスちゃんが工房の一員だったのは前の話だろうよ」

「馬鹿言うな、こいつはいつだってマルケス工房の一員なんだよ。な、クリス？」

「そう思っていてくれるなら、本当に嬉しいですよ！」

「あと、クリスよ……」

「なんでしょうか、マルケスさん？」

「男ができたら、付き合う前に俺のところに連れてこい。これは約束だからな」

「え、それはどういう……？」

「俺の認めた男以外とは付き合うなって話だ」

父親かよ！

と、ツッコミを入れそうになったけど、不思議と嫌な気分はしない。

っていうか、アクランド公よりも、よっぽどマルケスさんのほうが父親っぽいんだから皮肉なもんだよね。

まあ、父親っていうか、ちょっと頑固な優しいお爺ちゃんって感じなんだけどさ。

と、そこで私は気になったので、マルケスさんが持っている箱を指さして尋ねてみた。

「その箱は？」

「ああ、ポーションの原液を運んでる最中でな」

「……ええっと、今でも私は工房の一員なんですよね？」

「もちろんだ。ウチのメンツは全員そう思ってるはずだぜ。アルマ様が良いって言うなら、今日からでも戻ってきても良いくらいだぞ」

「なら……今、ポーション一本作っちゃって良いでしょうか？」

「そりゃあ構わんが、どうしてなんだ？」

「いや、アルマさんは薬とか錬金系はまだ教えてくれないんですよね。でも、私も色々と他のことは教わったし……今の私だったらどうなるか、ポーション作りを試してみたいんです」

「まあ良い。やってみろ」

実際、錬金系はまだほとんど教えてもらってない。

でも、マルケス工房にいた頃は「事実」を知らなかったわけで、だからドドメ色のポーションができちゃってたんだよ。

だったら、すべてを知ったうえでならどうかな……と、これはただのそんな好奇心だ。

あ、ちなみにドドメ色のポーションの正式名称は「賢者の水」っていうらしい。

アルマさん曰く、不老不死の薬とか、アンデッド生産とかの錬金調合素材って話だね。

更に言うと、魔王ギュスターヴさんはドドメ色のポーションを見た瞬間に「もう、本当に勘弁してくれ」って頭を抱えていたから……まあ、それはそれはヤバい系の薬剤みたい。

「じゃあ、アルマさんのところでの修業の成果を見てください、マルケスさん――いや、マルケス師匠っ！」

「おう、やってみろ！　弟子の成長は師匠の喜びだしなっ！」

お、どうやらマルケスさんもノリノリのようだね！

で、私は嬉しくなっちゃったので、いつもよりも気合を入れてポーションに念を込め始めたわけさ。

と、そこで、マルケスさんが口を押さえて下を向いて震え始めちゃったんだけど……

「ど、どうしたんですかっ⁉」

「いや、顔……久しぶりに見るとインパクトがすごくてな」

そうなんだよねー。

色々魔法は教えてもらったけれど、ポーションとか、武器とか……付与系の魔法を使う時の白目を剥いた「ほぼイキかけている」顔だけは治らないんだ。

相変わらず、アルマさんも１００パーの確率で笑い転げてるし……と、それはさておき。

「やっぱりドドメ色かぁ……」

「ドドメ色だな」

と、私とマルケスさんは肩を落としたんだけど……いや、でもこれってアレだよね？

賢者の水とか……そんな超高級錬金素材を作ってるんだから、ある意味大成功なはずだよね？

と、そんなことを考えていると、クリフォードさんとアイリーンさん夫妻が手を振りながらやってきたんだ。

「おーい！　クリスー！」

「アイリーンさん！　お久しぶりですっ！」

っていうか、この夫婦って本当にお似合いのカップルだよね。

クリフォードさんは超イケメンだし、アイリーンさんは美人だし。

何より、2人ともすっごい優しくて良い人だし、いつも2人でいる時は幸せそうだし。

あ、でもでもー。

今日はいつもより2人の笑顔が3倍マシくらいの感じがするよ。

で、2人がこっちにやってきたところで、アイリーンさんは開口一番こう言ってきたんだ。

「聞いてよクリス！　子供ができたんだよ！」

「…………おめでとうございます！」

唐突だったから一瞬だけ固まっちゃったんだけど、次の瞬間に私まで幸せが爆発しちゃったよ。

いやー、まあこの2人は色々あったし、結婚式にもお呼ばれしちゃったしね。

感慨深いというか、なんというか……

「それじゃあ、お祝いをしないといけませんね！　ケットシーさんたちも喜ぶと思いますっ！」

☆　★　☆　★　☆　★

――そして、湖畔の小屋。

「ねえちゃー！　おいしいのですー！　しょうがやきおいしいのですー！」

そんな感じでぴょんぴょん飛び跳ねているのはケアルちゃん。

ふふふ、ほっぺたにタレがついてて可愛いね。

「クリス、やっぱりお前の生姜焼きは絶品だな！」

と、大きく頷いてるのはマルケスさん。

っていうか、この人、本当に生姜焼き好きなんだよね。

続いてクリフォードさんが言う。

「いやはやクリスさん。初めて手料理を食べましたが……これは本当にすごい。腕力でも料理でも、一発喰らえばぶっ飛ぶという噂通りですね」

いや、マルケスさん、どんな噂流してるのよと苦笑いしたけど、クリフォードさんも喜んでるから一安心。

「うーんクリス。お腹の子供にも栄養が届いてる感じがするよ」

「それは何よりです！」

まあ、みんな美味しい美味しいって言ってくれてるけど、今のアイリーンさんの言葉が一番嬉しいね。

と、そんなこんなで、私はアルマさんの小屋でみんなに料理を振る舞っているわけだ。

まあ、アイリーンさんの懐妊祝いってことで、懐かしいメンツを揃えてって感じだね。

ちなみに、アルマさんは今日は不在。

物を壊さなければ多少は騒いでも良いっていう許可ももらってる——ってことで、ホームパーティーなのだ。

「ケアル！　食え！　もっと食ってデカくなれ！　デカさこそ筋肉、筋肉こそパワー！　食えばお前の力になる！　それが——猫又の任侠道の第一歩だぜ！」

「はい、にいちゃー！　たべるのですー！　けあるたくさんたべるのですー！」

いや、ケアルちゃん……デカくならなくて良いからね。

お願いだから……何度でも言うけど、君だけはそのままの君でいて……っ！

ぶっちゃけ、にゃん吉さんみたいな細マッチョでもキツいもんがあるんだから……

もふもふ好きの私だから、ギリギリで愛せてるってだけなんだよ？

で、まあ、ケロちゃんも尻尾振って食べてるし、スラ子ちゃんもさっき作ったポーションを吸収しながら嬉しそうにぷるぷるしてる。

「ああ、そういえばクリス、手土産に酒持ってきてるんだった……出してみんなに注いでやってくれ！」

「はいはーい！　了解ですマルケスさん」

と、私は立ち上がってグラスの用意をしようと棚に向かったんだけど——

「あ、私も手伝うよクリス」

と、アイリーンさんが手伝いに来てくれた。

「いや、お腹の赤ちゃんのこともあるんですから、ゆっくりしといてくださいよ」

「って言われてもねぇ……」

「良いんです良いんです。工房にいる時から食事の用意は私の仕事ですし。それに一番年下ですしね」

前世まで合わせると30歳を超えてるんだけど、それを言うほど私は無粋じゃない。

従魔にしても、ケットシーさんたちは巨大すぎて、食器の用意なんてできるはずないしね。

あと、ケアルちゃんとかケロちゃんとかの小さい組さんもそんなの無理だし。

それに、私は料理は好きだし、用意や片付けまでを含めて料理だと思うしね。

みんなが美味しく食べて飲んでくれるなら、笑顔を報酬に雑用でもなんでもしますともっ！

「んー、じゃあ、お願いするよクリス」

それで――

カラアゲとか、ぬか漬けとかを出したら、みんなのお酒が進んで、それはそれは盛り上がったんだ。

クリフォードさんはまさかの泣き上戸《じょうご》だったし、マルケスさんはずっと「ガハハ」って笑ってるし、ケットシーさんたちはボディービル大会始めちゃうし。

で、ケアルちゃんもボディービルの真似ごとをし始めたんだけど、お腹がぷにぷにで――それでみんなが大爆笑。

いやー、楽しいなーとか、そんなことを思っていると、アイリーンさんが私に声をかけてきた。

「ねえクリス？」

「なんでしょうかアイリーンさん？」

「私はね、最強の魔女であるアルマ様の弟子――つまりはクリスに……生まれてくる子供に祝福を授けてほしいんだ」

ああ、そういえばエルフにはそういう風習もあったよね。

効果はないんだけど、その昔にエルフの里を救ったアルマさんが当時の妊婦に頼まれて、そんなことをしたのがことの始まりだったか。

「っていっても、まだ私は基礎魔法もおぼつかないですよ？　制御も滅茶苦茶ですし」

「ああ、軽いやつで良いんだよ。実際に効果がないってのはみんな知ってるし、縁起物のゲン担ぎみたいなノリだから」

「まあ、そういうことなら」

とは言っても、本当に私の魔法は滅茶苦茶だからなあ。

筋力関係でも、未だにオンとオフくらいしかできないし……魔法だと「地図が書き換わる可能性があるから」と、基礎魔法以上はアルマさんが隣にいないと禁じられてる有様だ。

うーん、どうしようかな。

要は、回復魔法とか付与魔法とかをお腹の子供にかける感じって話なんだけど……

よし！

じゃあ、生まれてくる子供の厄災避けって意味を込めて、人体に影響のないことが実証済みのこの魔法でいこうかな。

「外に行きましょうか？　魔法陣を使うので」

「ああ、もちろん構わないよ」

そう言うと、私とアイリーンさんは――泥酔者によるカオスが繰り広げられている部屋から抜け出したんだよね。

で、棒で地面にちょちょいっと魔法陣を描いて、東西南北には塩を盛る。

「でも、本当に私で良いんですか？　アルマさんなら喜んでやってくれると思いますよ？」

「良いんだよ、なんの問題もありゃしないさ」

「でもでも……そのままの意味で、見習いが使うような魔法で祝福するんですよ？」

「だから、良いんだって。どうせゲン担ぎみたいな風習だし、この子が生まれてくるきっかけになった……そんなクリスにやってもらうからこそ、意味があるんだからさ」

ニコリと笑ってそう言ってもらえると、なんだか……胸にあったかい感情があふれてくる。

うん、なんというか、本当にみんな良い人だよねー。

と、まあそんな感じで、つまりは今、私はアンデッドを撃退した時の聖域魔法を発動させようとしているわけなんだ。

いや、お腹を中心に聖魔法を行使するだけで、それに意味はないってのは私もアイリーンさんも当然わかってるんだけどさ。

でも……こういうのは気持ちの問題だからね。

――さあ、詳細にイメージしろ、生まれてくる子供の笑顔を。

――優しい両親に育てられ、病気や不運にも泣かない姿を……イメージしろ。

――そう、子供を優しく包み込み、悪しき者を寄せつけないように……そんなイメージ。

と、そこまでイメージしたところで、私はポツリとこう呟いたんだ。

「――極小聖域《セイクリッド・ソルト》」

すると、見渡す限りの辺り一面が、白の閃光に包まれた。そして小屋のほうから声が聞こえてきて――


「あばばばばばばばばばばば」

「ギュスターヴさん、小屋にいたんですかっ⁉」

いや、ギュスターヴさんがしょっちゅう小屋に来て、魔導書を読んでるのは知ってたけどさ。いるなら、リビングに顔出してくれればいいのに……

ああ、でもあの人……結構人見知りなところあるからなー。

「しかし、本当にすごいねクリス。これで基礎魔法以下なんだろ？」

周囲に漂う銀の粒子を見ながら、アイリーンさんは感嘆のため息をついたんだ。

「まあ、アルマさんのおかげで、色々変なことになってるみたいですから……」

「いや……ほんとにすごいよ。でも、このぶんだと魔法の練習とかで、うっかり森全体を壊さないようにしなきゃだね、クリス」

笑いながらそう言うアイリーンさんは、冗談を言ってるつもりなんだろうけど――

「――それ、冗談になってませんから」

と、私は肩を落としながら苦笑したのだった。

28　娘がスローライフをするようなので、義理の父にブチ切れした皇帝陛下がアップを始めたようです　その2

――世界樹。

ホームパーティーの翌日、アルマさんに誘われて、私は森の御神木を登ることになった。

木登りというには、それはあまりにも違うシロモノで……ロッククライミングという言葉がふさわしいものだった。

まあ、全長3キロくらいある……それはそれはファンタジーな大木だからね。

世界樹は森のどこからでも見える樹木なんだけどさ、下から見ると雲を突き抜けてるとかしょっちゅうで……ともかく、ひたすらデカい以外に形容ができない。

実際、今日も途中から、樹木全体が雲を突き抜けてるくらいの高度があるしね。

で――

アルマさんは魔女ヨロシク箒《ほうき》で高度を上げてるんだけど、私はそんな器用なことはできない。

なので、ロッククライミングってわけなんだけど、そこは私の筋力なので、おちゃのこさいさいって感じかな。

とはいえ、それなりに時間がかかるのも事実なわけだ。

その証拠に朝から登り始めて、頂上付近にたどり着いたのは昼過ぎだったしね。

と、まあ――そんなこんなで、私たちは頂上近くの枝に腰を落ち着けることになったんだけど――

☆　★　☆　★　☆　★

「うわぁ……絶景ですね」

空を見上げれば、一面の青。

そして下を見下ろすと、そこには雲海の大海原が広がっていたんだ。

本当に絶景って感じで、その雄大な光景に私はただただ息を呑むことしかできなかった。

「貴女にはこの光景はどのように見えますか、クリス？」

「どう見えるとおっしゃいますと？」

「森一番の高い場所から、世界最強としての視点で――貴女の目にはこの世界はどう映るのかということです」

探りを入れるようなアルマさんの視線に、私は沈黙で応じる。

さて、どう答えたものか……

あの日——

魔王ギュスターヴさんが小屋を訪ねてきて、私が人類最強だと知ったあの時。

今後どうすれば良いかと尋ねる私に、アルマさんは「世界を滅ぼすとかでないのなら、それはクリスの好きにすれば良いんじゃないですか？」と、そう言ってくれたんだ。

そして、同時に……「これからどうするべきか、それは貴女自身が考えなさい」という宿題を課したのだ。


——でも、考えてみれば、そりゃそうだって話なんだよね。


力があろうがなかろうが、結局は私は私だ。

私みたいな状態になったりすると、ひょっとすると自分の力に溺れて悪逆非道の限りを尽くしたりする人もいるかもしれない。

あるいは、この世界の……貧富の格差が酷いとか、他にも色んな問題点に不満を持って、世界を変えたいとか言い出して……自分なりの正義を貫いて、大帝国とかを作っちゃうかもしれない。

けれど、そういうのはやっぱり私的にはノーサンキュー。

私は私で、世界は世界で、他人は他人。

自分なりの正義を貫くのは悪いとは思えない。

私だって、自分の目の届く範囲は絶対に守りたいしね。

けど、それ以上の範囲については正直……責任持てないし、持ちたくもないんだ。

そりゃあ、この世界には貧困とかもあるし、私にだって思うところはあるよ？

でも、それを力任せにぶっ壊したとして、それは何か違うと思うんだ。

暴力で解決ってのは違うし、その過程で誰かの血が流れるなら……そんなの絶対ありえない。

結局は……そんなのは正義の押しつけで余計なお世話って話だし、そんなの私のガラじゃない。

私という異物が世界に紛れ込んだとして、この世界のことはこの世界に生きる人が決めることだし、積極的に干渉していくのは……やっぱなんか違うと思うんだ。

「さて、宿題の答えを聞きましょうか」

「これから先、どう生きるかということですね」

「はい、答えを聞かせてください……クリス」

「んー。結局は同じかなーと。そういうふうに思うんです」

「同じ？」

「そりゃあ、私はなんか……変なことになっちゃってます。日常生活で力の加減を間違えたりもするし、今後もそういうトラブルは起きるでしょう。でも、ただそれだけのことなんです」

「……ふむ。続けてください」

「ええと、最初は……本当のお父さんのところ……帝国に帰ろうかとも思ってました。けど、今はここでもうしばらくゆっくり暮らそうと思っています」

「……その心は？」

「私のお父さんは偉い人なので、軍事的に……色んなパワーバランスが崩れると思うんですよね」

まあ、皇帝さんだからね。

親バカの極致《きょくち》だから、あの人は決して私の力を利用したり悪用したりはしないだろう。

けど、あの人には立場ってものがあるし……私にこんな力があるって知られたら、周囲が黙ってないのも間違いないし。

「……英断でしょうね」

「それに――」

私は満天の青空を見上げて、アルマさんに向けてニコリと笑った。

「楽しかったんですよ。この前のホームパーティー」

「……？」

「できれば、ケットシーさんたちやケアルちゃんやケロちゃんやスラ子ちゃんやカメ吉、他にもエルフの里のみんなと……わいわいやりながら、そんな感じでしばらく楽しくやりたいなって。多分……私のやりたいことって……そういうことなんです」

「……」

そして、しばし押し黙り、アルマさんは満足そうに頷いた。

「本当に色々心配していたのですけれど――貴女なら道を間違えることはなさそうですね」

「まあ、そりゃあ心配させてしまっているでしょうね……申し訳ありません」

「ええ、この場で武力による世界制圧などと言い出せば、自爆魔法で刺し違える覚悟でしたから」

「えええええ!? そんなこと考えてたんですか!?」

「いや、本当に貴女ってそういうレベルでややこしいですからね」

困ったような顔をして、アルマさんはため息を一つ。

「そうなのですよクリス……本当にややこしいのです。それは創世の神話のように」

「創世の神話？」

「元々ね、この惑星には生命はいませんでした。ですが、ある日――６６６万６６６６の天使がこの地に降り立ったのです」

６６６万６６６６の天使？

何か、聞き覚えのある単語だね。

「それでですね、悪を討つという神の意思に従った６６６万６６６６の天使と共にこの惑星は――科学文明という悪に染まったチキュウという惑星に向かっていました」

ん？ ん？ ん？

どっかで……これってどっかで聞いたような……

っていうか、なんか……ハッキリ言っちゃうと、転生する時に出会った某ネコ型ロボットっぽい何かの顔が……頭に浮かんできたんだけど……

「しかし、悪を討つべき軍勢は、突如として現れた謎の閃光によって焼き尽くされました」

「……」

「そして、666万6666の天使の魂――つまりはその莫大な経験値は、今も行方知れずのままとなっているのです」

そうだったんだ……

それで私は超レベルアップして……こんなバカげたことに……

「そして天使は去り、数億年の時を経て地上に生命が生まれ、今の世界になったのですよ」

「あ、でも、当時、天使さん以外はこの星には誰もいなかったんですよね？　どうしてそんなことがわかるんです？」

「アカシックレコード――星の記憶です。戦闘から退いた後、私の専門はそちらですので」

「……なるほど」

「それでですね……私は貴女を見ていて思ったのですよ」

「と、おっしゃいますと？」

「まるで、行方不明となった莫大な経験値を取得した者が、何かのきっかけで突然現れたような……と。まあ、これはあくまでたとえ話で数億年前の話ですし、実際にそんなわけないんですけどね。ともかく、そんな突飛な発想でしか説明がつかないくらいに、貴女はワケがわからない存在なのです」

いや、正解です。

多分、それで正解です。

と、喉まで出かかったけど、これは黙っといたほうが良いだろう。

「でも、まあ……そうですね。少しずつ……始めていきましょうか。まずは力の制御の仕方ですね」

と、まあ――そんなこんなで。

アルマさんは、優しい微笑と共に私を受け入れてくれたのだった。

☆ ★ ☆ ★ ☆ ★

一方その頃――

屋敷の執務室。

いつものように自分の椅子に腰かけた瞬間、私――辺境公アクランドは、今や口癖になった言葉を呟いてしまった。

「うう……お尻が痛い……」

やはり、フカフカのクッションを敷いているというのに、この激痛だ。

そう……別に辛《から》い物を食べたわけでもないのに……この苦痛。

耐えがたく、度しがたい。

ああ……それにつけても…………お尻が痛いっ！

「しかし、どうなっておるのだ⁉　大氾濫《スタンピード》が……何故に大氾濫《スタンピード》が起きん⁉」

領地に渦巻く歪んだ魔素は、あの時……確かにエルフの里の大森林に流したはずだ。

これは何世代も前の当主から、研究していた禁忌《きんき》の邪法《じゃほう》だ。

失敗は絶対にありえぬはずで、今頃はあの森はアンデッドであふれておるはず……

だったら、何故？　何故なのだ？

――アルマか？

あの女が……当家が用意していたこの術法を読んで……最初から対策を打っていたとでも言うのか⁉

「ぐぬううっ！」

――あの猫又もっ！

――アルマもっ！

どいつもこいつも、私をイライラさせてくれよる！

目にモノ……必ず目にモノ見せてやるっ！

「屋敷の地下の……魔神……っ！」

かつて、アルマとその仲間が命がけで封印した魔神さえ復活させれば……すべてが上手くいく。

そもそもが、アレはあの女が仲間を引き連れ、ようやく封印できたというシロモノだ。

で、あれば――現在は仲間のいないあの女では、対処の仕様がないのは道理なのだから。

と、その時、コンコンとノックの音が聞こえてきた。

「入れ」

入室してきたのは屋敷の執事長だった。

ちなみに、前の執事長は意見具申が酷いのでクビにしている。

「魔神の復活はおやめください」だの「大氾濫《スタンピード》などと、領民をなんだと思っているのですか」だの、頭の悪いことを言うヤカラは私の側には必要ないのだ。

そもそもが、貴族として生まれた私と平民では……魂の価値のステージが違う。

領民とは、私に搾取されるためだけに存在するものであり、前の執事長はそこを履き違えておったのだ。

そう……私の目的成就のために、路傍《ろぼう》の石ころのことを気にかける必要など……そんな馬鹿は休み休み言ってもらいたい。

「旦那様……地下の魔神のことなのですが……」

「おおっ！　ついに準備が整ったのか！」

さすがは新しい執事長だな。

こやつは私の命令には「イエス」か「はい」、あるいは「さすがでございます、旦那様」の言葉しか持ち合わせておらず、なかなかにデキる優秀な男だ。

「それが……魔神の復活が難航しているのです」

「……なんだと？」

「先日、領内……いや、エルフの森を中心に原因不明の聖域が発生した件で、邪気を扱う魔法の効き目が薄く……」

「エルフの森――またアルマかっ！」

「あの聖域の規模は馬鹿げています。おそらくは、数十年単位で事前に準備をしていたものかと」

「我々の……代々の動きが……そこまでアルマに筒抜けだったと⁉　我々は奴の手のひらの上で踊らされていたということか⁉」

「だ、旦那様！　落ち着いてくださいませ！」

「アルマ……アルマめ……アルマアアアアっ！」

ああ、腹が立つ！

腸《はらわた》が煮えくり返るとはこのことだ！

「それと旦那様……悪いお知らせが他にも」

「ん？　なんだと⁉　これ以上に悪い知らせがあるのか⁉」

「エルフの里からの発信ですが――アンデッドの大氾濫《スタンピード》で領民も巻き込もうとしたという話が爆発的に広がっています。かねてからの重税もあって、それに呼応する形で……各地で農民の反乱が……続々と発生して……」

「ええい！　どいつもこいつも煩わしいっ！　殺せ！　殺せ！　反乱者は皆殺しだっ！」

☆　★　☆　★　☆　★

また一方その頃――

「陛下！　また町娘に手を出したのですかっ！」

皇帝執務室のドアを蹴破らんばかりに入ってきたのはメガネの男。

まあ、いつものように宰相――イトコのヴァルターがものすごい剣幕で詰め寄ってきたということだ。

私、神聖アルケミー帝国第17代皇帝ルートヴィヒはうんざりした顔で答える。

「いや……つい、うっかりな」

「さすがにもう妊娠はさせてないですよねっ⁉」

「うむ、そこはもう……さすがにな」

「しかし陛下、ここ10年の間……めっきり女遊びをやめていたというのに……最近また始まったようですが、突然どうしてそんなことに？」

と、その問いかけに、私は「ふっ」と苦笑し天井を見上げた。

「……燃え尽き症候群というやつかもしれん」

「燃え尽き症候群？」

「いや、これでも私は子供たち全員を愛していたのだよ。それが……後宮の解散でな」

「……」

ヴァルターが私に相談もせずに進めていた、庶子たちの養子化計画。

寝耳に水の状態で、突然91人の子供たちに巣立たれた私の心には――ポッカリと穴が開いたのだ。

――いや、わかる。わかるのだ。

何故にヴァルターがそういうことをしたのかは……すっごいわかる。

元々、後宮の予算のせいで財政がギリギリのところ不作となり……いよいよ財政が立ち行かない状況になったのは、わかるのだ。

けれど――子供たち……いや、もっと言えばクリスを失った私は……喪失感に苛《さいな》まれてしまったのも、また事実なのだ。

だから、昔のように私は……女に癒しを求めた。

だが昔と違って、いくら女を抱いても今は満たされない。

これはもはや、生きる理由を失ったと言っても良いやもしれん状況で、さすがの私も参ってしまっているのだ。

それに、ヴァルターはクリスの行先を教えてくれないし。

「ところで……陛下。実は、アクランド家の使用人より……告発があったのです」

「アクランド？　ああ、あの辺境公のところか」

と、ヴァルターは私の机に書類を差し置いてきた。

それを手に取り、文面を流し読むと同時、私は軽くため息をついた。

「魔物の大氾濫《スタンピード》……？　領民を巻き込んでエルフを制圧しようなどと……アクランドとやらは正気なのか？」

「狂気の沙汰《さた》の一言ですね」

「しかも……魔神の復活も……か。これはいかに帝国領外とはいえ捨て置けんな」

「ええ、この報告が事実であれば、内政干渉も辞さずに軍の派遣も視野に入れるべきかと」

「確かアクランドの領地は、帝国とは半属国に近い関係だったよな？　だが……内政干渉はやはり……良くない。この地域には神仙のアルマもいるし……混沌《こんとん》を嫌うあの女であれば独力でなんとかするだろう」

「それも確かに……その通りなのですが……」

と、そこでヴァルターはものすごく言いづらそうに、重い口を開いたのだ。

「クリスティーナお嬢様の件なのですが……」

「……どうした？」

「実は、アクランド公の養子として送り出されていたのですが、使用人によると……虐待が行われていたと」

「……」

「世継ぎ関係で揉めて、殺害未遂まで企《くわだ》てられたようですね。そしてお嬢様は、魔獣の森に置き去りにされ……どうにかこうにか生き延び、現在はエルフの里で保護されているようです」

「……」

「申し訳ありません陛下。まさか……陛下のお嬢様にそんなことをする馬鹿がこの世に存在するなど……今でも私は信じられないのですが……」

「……」

「しかし、お嬢様の送り先に許可を出したのはこのヴァルターでございます。いかような罰でも甘んじて――」

と、そこで私はヴァルターの言葉を手のひらで制した。

「……撃だ」

「陛下、今……なんと？」

「全軍出撃だ。現時刻をもってアクランドに対し宣戦布告のうえ、国土防衛に最低限必要な人員を残し――神聖アルケミー帝国、第1騎士団から第13騎士団までの全軍をもって、クリスティーナ奪還作戦に向かう」

　そうして私は、大口をあんぐりと開いているヴァルターに向けて、大きく頷いた。

「先陣は私――皇帝近衛騎士師団をもって当たる。そして、副将はお前だ、ヴァルター……ミスは戦場で取り返せ」

月が導く異世界道中
Tsukiga Michibiku Isekai Dochu
あずみ圭
Azumi Kei
1~17
8.5
シリーズ累計200万部突破の超人気作!(電子含む)
TVアニメ第2期
制作決定!!
月が導く異世界道中
あずみ圭
薄幸系男子の成り上がりファンタジー、開幕!
なんでだろう親の都合で異世界へ
読者賞受賞作!
待望の書籍化!
異世界へと召喚された平凡な高校生、深澄真。彼は女神に「顔が不細工」と罵られ、問答無用で最果ての荒野に飛ばされてしまう。人の温もりを求めて彷徨う真だが、仲間になった美女達は、元竜と元蜘蛛!?　とことん不運、されどチートな真の異世界珍道中が始まった!
月が導く異世界道中
1
あずみ圭
木野コトラ
シリーズ累計29万部
とことん不運、されどチート!!
2期までに
原作シリーズもチェック!
●各定価：1320円(10%税込)
●illustration：マツモトミツアキ
1~17巻好評発売中!!
漫画：木野コトラ
●各定価：748円(10%税込)●B6判
コミックス1~9巻好評発売中!!

僕だけが作れる
奇跡の作物で
不毛の領地を大復活！

辺境の貧乏貴族家に転生した少年・ウィン。彼は生まれながらにして自分だけの農場に出入りできる特別なスキルを持っていた。そんなウィンの家が治める領地は、塩害や砂漠化で作物が育たない不毛の地。しかし、彼の農場でとれた不思議な作物を植えると、領内の砂漠は瞬時に緑化し、食料事情はみるみる改善していく。ところが、他国と内通して魔法の力を行使したとのあらぬ疑いをかけられてしまい……

◉定価：1320円（10%税込）　ISBN 978-4-434-29624-6　◉illustration：LLLthika

勇者召喚に巻き込まれて異世界転移した元サラリーマンの相良真一(シン)。彼が転移した先は異世界人の優れた能力を搾取するトンデモ国家だった。危険を感じたシンは早々に国外脱出を敢行し、他国の山村でスローライフをスタートする。そんなある日。彼は領主屋敷の離れに幽閉されている貴人と知り合う。これが頭がお花畑の困った王子様で、何故か懐かれてしまったシンはさあ大変。駄犬王子のお世話に奔走する羽目に!?

●各定価:1320円(10%税込) ●Illustration:万冬しま

加護持ち1歳児は

最強魔獣たちと自由気ままに成長中！

神様の手違いが元で、不幸にも病気により息を引き取った日本の小学生・如月啓太。別の女神からお詫びとして加護をもらった彼は、異世界の侯爵家次男に転生。ジョーディという名で新しい人生を歩み始める。家族に愛され元気に育ったジョーディの一番の友達は、父の相棒でもあるブラックパンサーのローリー。言葉は通じないながらも、何かと気に掛けてくれるローリーと共に、楽しく穏やかな日々を送っていた。そんなある日、1歳になったジョーディを祝うために、家族全員で祖父母の家に遊びに行くことになる。しかし、その旅先には大事件と……さらなる"もふもふ"との出会いが待っていた!?

●各定価：1320円（10％税込）　●illustration：conoco

ハズレ属性土魔法のせいで辺境に追放されたので、
ガンガン領地開拓します！
1・2
Hazure Zokusei Tsuchimaho No Sei De Henkyo Ni Tsuibo Saretanode, Gangan Ryochikaitakushimasu!
Author
潮ノ海月
Ushiono Miduki
ハズレかどうかは使い方次第!?
蔑まれてる土魔法で
未開の村を
快適に開拓!!
第13回
アルファポリス
ファンタジー小説大賞
優秀賞
受賞作!!
グレンリード辺境伯家の三男・エクトは、土魔法のスキルを授かったせいで勘当され、僻地のボーダ村の領主を務めることになる。護衛役の五人組女性冒険者パーティ『進撃の翼』や、道中助けた商人に譲ってもらったメイドとともに、ボーダ村に到着したエクト。さっそく彼が土魔法で自分の家を建てると、誰も真似できない魔法の使い方だと周囲は驚愕！　魔獣を倒し、森を切り拓き、畑を耕し……エクトの土魔法で、ボーダ村はめざましい発展を遂げていく!?
●各定価：1320円（10％税込）●Illustration：しいたけい太
巨大長城築造!?

アルファポリスで作家生活!

新機能「投稿インセンティブ」で報酬をゲット!

「投稿インセンティブ」とは、あなたのオリジナル小説・漫画をアルファポリスに投稿して報酬を得られる制度です。
投稿作品の人気度などに応じて得られる「スコア」が一定以上貯まれば、インセンティブ=報酬(各種商品ギフトコードや現金)がゲットできます!

さらに、人気が出ればアルファポリスで出版デビューも!

あなたがエントリーした投稿作品や登録作品の人気が集まれば、出版デビューのチャンスも! 毎月開催されるWebコンテンツ大賞に応募したり、一定ポイントを集めて出版申請したりなど、さまざまな企画を利用して、是非書籍化にチャレンジしてください!

まずはアクセス! アルファポリス 検索

アルファポリスからデビューした作家たち

ファンタジー

柳内たくみ
『ゲート』シリーズ

如月ゆすら
『リセット』シリーズ

恋愛

井上美珠
『君が好きだから』

ホラー・ミステリー

相本孝思
『THE CHAT』『THE QUIZ』

一般文芸

秋川滝美
『居酒屋ぼったくり』シリーズ

市川拓司
『Separation』
『VOICE』

児童書

川口雅幸
『虹色ほたる』
『からくり夢時計』

ビジネス

大來尚順
『端楽(はたらく)』

この作品に対する皆様のご意見・ご感想をお待ちしております。

おハガキ・お手紙は以下の宛先にお送りください。

【宛先】

〒150-6008 東京都渋谷区恵比寿4-20-3 恵比寿ｶﾞｰﾃﾞﾝﾌﾟﾚｲｽﾀﾜｰ 8F
（株）アルファポリス　書籍感想係

メールフォームでのご意見・ご感想は右のＱＲコードから、
あるいは以下のワードで検索をかけてください。

アルファポリス　書籍の感想　検索

ご感想はこちらから

本書はWebサイト「アルファポリス」（https://www.alphapolis.co.jp/）に投稿されたものを、改稿、加筆のうえ、書籍化したものです。

転生幼女《てんせいようじょ》、レベル７８２

ケットシーさんと行《い》く、やりたい放題《ほうだい》のんびり生活日誌《せいかつにっし》

白石新（しらいしあらた）

2021年 11月30日初版発行

編集－芦田尚
編集長－太田鉄平
発行者－梶本雄介
発行所－株式会社アルファポリス
〒150-6008 東京都渋谷区恵比寿4-20-3 恵比寿ｶﾞｰﾃﾞﾝﾌﾟﾚｲｽﾀﾜｰ8F
TEL 03-6277-1601（営業）　03-6277-1602（編集）
URL https://www.alphapolis.co.jp/
発売元－株式会社星雲社（共同出版社・流通責任出版社）
〒112-0005東京都文京区水道1-3-30
TEL 03-3868-3275
装丁・本文イラスト－nyanya
装丁デザイン－AFTERGLOW
印刷－中央精版印刷株式会社

価格はカバーに表示されてあります。
落丁乱丁の場合はアルファポリスまでご連絡ください。
送料は小社負担でお取り替えします。
©Arata Shiraishi 2021.Printed in Japan
ISBN978-4-434-29630-7 C0093